Träume süß im Hexenwald

Für meine Mutter,

die sich mit Wäldern und Märchen auskennt

und mit Motivation sowieso.

Ohne dich ginge es nicht.

KATRIN LANKERS

Träume süß im Hexenwald

Planet Girl

Zitiert werden Liedzeilen aus:
»Ein Stern« von DJ Ötzi
»Er gehört zu mir« von Marianne Rosenberg

Lankers, Katrin:
Träume süß im Hexenwald
ISBN 978 3 522 50302 0

Gesamtausstattung: Andrea C. Uva
Schrift: Rotis Serif, Georgia
Satz: KCS GmbH, Buchholz/Hamburg
Reproduktion: HKS-Artmedia, Leinfelden-Echterdingen
Druck und Bindung: CPI – Clausen & Bosse, Leck

5 4 3 2 1° 12 13 14 15

Prolog

»Heute Nacht?«

»Ja.«

»Ich habe Angst.«

»Ich pass schon auf dich auf. Ich bin immer für dich da.«

»Immer?«

»Natürlich immer.«

»Versprochen?«

»Versprochen.«

Nur wenige Stunden später brach er sein Versprechen.

Kapitel 1

Das muss der Weg sein.« Beherzt schlug Paul das Lenkrad ein und steuerte unseren alten Volvo Kombi mitten zwischen die Bäume.

Der Weg? Das hier war kein Weg! Eine Schneise vielleicht, nicht befestigt und so dicht von hohen Bäumen gesäumt, dass ich Angst um unsere Seitenspiegel bekam. Das Navigationsgerät hatte schon vor geraumer Zeit die Orientierung verloren.

»Wenn möglich, bitte wenden«, quäkte eine blecherne Frauenstimme fordernd aus dem Lautsprecher.

Ja, bitte wenden!, dachte ich. Doch erstens war das auf dem schmalen Pfad nicht möglich, und zweitens hätte mein Vater diesem Wunsch ohnehin kein Gehör geschenkt. Genervt drückte er mit seinem zu dicken Zeigefinger auf dem Touchscreen des kleinen Apparates herum. Mit nur einer Hand am Lenkrad konnte Paul den

Wagen auf dem holprigen Untergrund kaum stabil halten. Im Geiste sah ich uns schon mit verbeulter Motorhaube und Platzwunden an den Schläfen am nächsten Baum kleben.

»Gib her.« Ungehalten zog ich das Gerät aus seiner Halterung an der Frontscheibe und brachte die Blechfrau mit zwei gezielten Klicks zum Schweigen.

»Ach, Gretchen, du bist ein richtiges Technikgenie«, lobte Paul.

Ich schnaufte, ließ die Hand mit dem Navi in meinen Schoß sinken und starrte wieder aus dem Seitenfenster.

Gretchen! Ich hasste es, wenn mein Vater diesen Kosenamen verwendete. Schlimm genug, dass meine Eltern mir den altbackenen Namen Greta verpasst hatten. Aber Gretchen – das klang wie eine Figur aus einem kitschigen Schundroman.

Doch noch viel wütender war ich über die Bezeichnung »Technikgenie«. Ich wusste, dass Paul es nicht böse gemeint hatte, vermutlich wollte er bloß etwas Freundliches sagen, um mich aufzumuntern, mich vielleicht ein bisschen necken. Aber das war gründlich schiefgegangen. Denn meiner innigen Beziehung zu meinem Computer verdankte ich diesen Zwangsaufenthalt im Nirgendwo. Und Paul hatte mich dazu verdonnert.

»Du wirst sehen, das wird toll«, hatte er versucht, mir seine Pläne für die Sommerferien schmackhaft zu machen. »Nur wir zwei mitten in der schönsten Natur. Da kommst du mal raus, siehst mal etwas anderes.«

Ich wusste sofort, was das zu bedeuten hatte: Frau Beermann hatte gepetzt. Frau Beermann ist unsere Haushaltshilfe und meine selbst ernannte Kinderfrau. Von allein wäre Paul nie drauf gekommen, dass ich den Großteil meiner Freizeit vor dem Rechner verbrachte, denn tagsüber war er in der Uni und abends verbarrikadierte er sich meistens hinter seinen Bücherbergen. Aber Frau Beermann war meine angebliche Computersucht schon lange ein Dorn im Auge. An mir prallten ihre Warnungen vor den schrecklichen Folgen ab, aber bei Paul hatte sie offenbar väterliche Pflichtgefühle wecken können.

Kurzerhand hatte er beschlossen, dass ich ihn auf diese Reise begleiten würde, eine Forschungsreise in den tiefsten Wald. Mein Vater ist nämlich Professor für Kulturanthropologie, zu Deutsch: Volkskunde. Sein Fachgebiet sind Märchen und Sagen, und unser Aufenthalt in dieser Einöde diente wissenschaftlichen Zwecken. Er wollte die lebendige Legende des Ortes Bixdorf untersuchen. Mein Vater würde also arbeiten. Und ich würde mich langweilen. So viel zum Thema: Nur wir zwei mitten in der schönsten Natur.

»Da vorne, siehst du?«, durchbrach Paul erneut mein demonstratives Schweigen.

Unwillig löste ich meine Augen von dem wenig aufregenden Wechselspiel der Baumstämme und blickte geradeaus. Etwa hundert Meter vor uns endete der Waldweg neben einem Haus. Einem Holzhaus, wie ich feststellte, als Paul das Auto kurz darauf auf einem provisorischen Schotterparkplatz zum Stehen brachte. Einem ziemlich kleinen Holzhaus, um genau zu sein.

»Schaut gemütlich aus«, verbreitete Paul gute Stimmung, während er die Fahrertür aufdrückte und sich aus dem Wagen schwang.

Gemütlich war nicht gerade das Wort, das ich verwendet hätte. Urig vielleicht, aber wohl eher baufällig. Die dicken Bohlen, aus denen das Haus errichtet war, hatte die Witterung beinahe schwarz gegerbt, auf den Dachschindeln wuchs Moos und von den Fensterläden platzte die grüne Farbe. Auch das Wetter trug nicht dazu bei, den Anblick idyllischer wirken zu lassen. Obwohl es Mitte Juni war, herrschten herbstliche Temperaturen und graue Wolken bedeckten den Himmel. In dem Moment, als ich mich aufraffte und aus dem Auto kletterte, lösten sich erste schwere Regentropfen aus der dichten Wolkendecke und zersprangen neben mir auf dem Schotter.

»Gretchen, hilfst du mir bitte mit dem Gepäck?«

Arrrgh! Schon wieder! Ich schluckte meinen Ärger hinunter, zog mir die Kapuze meines schwarzen Sweatshirts über den Kopf und stapfte ums Auto herum. Mein Vater wuchtete bereits unsere Taschen und Kisten aus dem Kofferraum.

Obwohl Paul nur zwei Wochen bleiben wollte (*nur* zwei Wochen!), hatte er so viel Gepäck eingeladen, als plane er einen Komplettumzug in dieses Nirgendwo.

Fachliteratur, Nachschlagewerke und Aktenordner, vermutete ich, als er den ersten von drei großen Bücherkartons mit schmerzverzerrtem Gesicht aus dem Wagen hievte.

»Schnell ins Haus damit«, ordnete Paul atemlos an und nickte mit dem Kopf in Richtung unserer vergleichsweise kleinen Koffer. »Träumst du?«, schob er hinterher, als ich nicht sofort reagierte, obwohl die Regentropfen inzwischen vehement auf meine Kapuze prasselten.

Nein, ich träumte nicht, auch wenn ich es mir in diesem Moment wünschte. Ich starrte in den Kofferraum und traute meinen Augen nicht.

»Paul?«, fragte ich vorsichtig. »Wo sind meine Bücher?«

Mein Vater, der mittlerweile an der Haustür angekommen war, blieb auf der überdachten Veranda stehen und drehte sich zu mir um.

»Deine Bücher?«, erwiderte er verständnislos.

»Die rote Faltbox, die ich dir in den Flur gestellt hatte ...«

»Da war keine rote Faltbox.«

»Doch«, entgegnete ich, aber es klang weit weniger energisch, als ich es mir gewünscht hätte, denn mein Mund fühlte sich plötzlich staubtrocken an. Meine Bücher! Vergessen in Bonn! Was sollte ich jetzt bloß tun?

»Komm erst mal rein«, rief Paul und angesichts des zunehmenden Regens beschloss ich, dem Vorschlag zu folgen.

Ich schnappte mir die beiden Koffer und trug sie die wenigen Schritte zur Haustür, wo Paul sie mir aus der Hand nahm. Dann eilte ich zurück zum Auto, um Aristoteles zu befreien, während Paul sich um die beiden restlichen Bücherkisten kümmerte. *Seine* Bücherkisten!

Ein klägliches Maunzen drang aus der Transportbox, als ich sie vom Rücksitz zog. Während der Fahrt hatte Aristoteles keinen Mucks von sich gegeben und ich fürchtete fast, dass ich es mit den Beruhigungspillen vom Tierarzt etwas übertrieben hatte. Doch sobald die Kiste an der frischen Luft war und der Regen durch die Luftschlitze im Deckel drang, verwandelte sich das klägliche Maunzen in empörtes Rufen. Aristoteles schien es bestens zu gehen.

Als ich ihn kurz darauf im Wohnzimmer aus seiner Box entließ, funkelte der Kater mich aus seinem einen Auge offensichtlich schwer beleidigt an und wankte mit erhobenem Haupt hinüber zum Sofa, das er mit einem Sprung zu erklimmen versuchte, aber knapp verfehlte. Paul lachte schallend, als Aristoteles unsanft zu Boden ging. Mir jedoch war das Lachen gerade beim Anblick dieses Wohnzimmers mindestens für die nächsten zwei Wochen vergangen.

Der Raum war klein, niedrig und dunkel. Die Möbel sahen aus, als hätte jemand sie vor zwanzig Jahren aus dem Sperrmüll zusammengeklaubt: ein Vitrinenschrank in Eiche rustikal, ein runder Holztisch mit einer Platte aus einer kompletten Baumscheibe sowie dunkelgrün bezogene Sofas. Das Schlimmste aber waren die Geweihe. Sie hingen an quasi jeder freien Stelle der hölzernen Wände – ich mochte mir gar nicht vorstellen, wie viele Rehböcke und Hirsche dafür ihr Leben hatten lassen müssen!

»Ist doch ganz gemütlich hier«, unterbrach Paul meine Gedanken über Tierquälerei und ich fragte mich, ob er dieselben Tabletten wie Aristoteles genommen hatte oder einfach nur unter akuter Geschmacksverirrung litt.

»Sogar einen Kamin gibt es, genau wie zu Hause«, setzte mein Vater noch einen drauf.

Ich ließ meinen Blick in die von ihm gewiesene Zimmerecke gleiten. Tatsächlich, ein Kamin. Oder besser gesagt: ein ummauertes Loch in der Wand, in dem noch die schwarzen Aschereste eines längst verglommenen Feuers lagen. Mit unserem breiten Kamin, über dem ein verschnörkelter Jugendstilsims thronte, hatte das so wenig Ähnlichkeit wie dieses gesamte Haus mit unserem lichtdurchfluteten Altbau im Godesberger Villenviertel.

»Ich geh mal auspacken«, murmelte ich, schnappte mir meinen Koffer und stapfte missmutig die schmale Treppe ins obere Stockwerk hinauf.

Mehrere Stunden später lag ich nicht weniger mies gelaunt in meinem zu kleinen Zimmer mit dem zu großen Eisenbett auf der zu weichen Matratze und starrte an die Decke. Auf meinen Füßen hatte Aristoteles sich gemütlich zusammengerollt und schnarchte leise. Vor dem

Fenster wurde es bereits dunkel, es musste also schon nach zehn Uhr sein. Genau wusste ich es nicht, denn ich konnte mich nicht überwinden, mein Handy vom Nachttisch zu nehmen, um nach der Zeit zu schauen.

Kein Netzempfang würde es mir mitteilen, das war mir mittlerweile klar, nachdem ich das kleine Telefon an so ziemlich jede Stelle des Hauses getragen hatte – und sich nirgends auch nur ein einziger Balken auf der Funkskala gezeigt hatte. Kein Netz! Kein Handyempfang. Kein Internet. Ich kam mir abgeschnitten von der Außenwelt vor, obwohl oder gerade weil meine Welt in erster Linie aus den Freunden bestand, die ich bei den *IQoolern* gefunden hatte.

Die *IQooler* waren der Grund, weshalb ich zu Hause viele Stunden des Tages vor dem Computer verbrachte. In diesem Forum trafen sich Jugendliche, die sich genau wie ich in der Schule ständig langweilten. Ich hielt mich meistens im Unterforum Mathematik auf, dort stellten wir uns gegenseitig Logikaufgaben und veranstalteten Wettbewerbe im Kopfrechnen.

Ich schloss die Augen und versuchte mir die letzte Aufgabe ins Gedächtnis zu rufen, mit der ich mich beschäftigt hatte. Irgendetwas mit Türen und Ziegen ... Wie war das noch? Drei Türen, zwei Ziegen und ein ... Auto? Genau: Der Kandidat einer Quizshow wird vom Showmaster vor drei Türen geführt. Hinter einer der Türen befindet sich ein Auto, hinter den beiden anderen eine Ziege. Der Kandidat soll eine der Türen auswählen, zum Beispiel Nummer eins. Nun öffnet der Showmaster, der weiß, was sich hinter den Türen befindet, Tor drei, hinter dem eine Ziege steht. »Bleiben Sie bei Tor Nummer eins, oder wechseln Sie zu Nummer zwei?«, fragt der Showmaster. Ist es nun von Vorteil, zu wechseln, oder nicht?

Spontan hatte ich gedacht: Quatsch. Die Chancen stehen eins zu eins, dass sich das Auto hinter dem ersten oder dem zweiten Tor befindet. Doch so simpel konnte es nicht sein. Je mehr ich darüber nachgrübelte, desto unsicherer wurde ich.

Ich hörte die Klospülung nebenan rauschen, kurz darauf begann Paul sein abendliches Gurgelritual. Damit seine von Vorlesungen und Vorträgen belastete Stimme stets »gut geölt« war, wie er sagte, hatte er sich angewöhnt, jeden Abend mit einer Mischung aus Salbeitee und Salzlösung zu gurgeln. Gruselig! Ich hatte das Zeug einmal aus Neugier probiert – und in hohem Bogen gegen unseren Badezimmerspiegel gespuckt. Das Gurgeln endete nach exakt fünf Minuten, so viel wusste ich. Die Badezimmertür schwang quietschend auf und wieder zu. Pauls schwere Schritte stapften bemüht leise über den knarrenden Holzfußboden, seine Schlafzimmertür schnappte ins Schloss. Dann herrschte Stille.

Absolute Stille – wie es mir schien. Der Regen, der bis zum Abend aufs Hausdach getrommelt hatte, verschonte uns seither. Erst jetzt, als sie wegfielen, wurde mir bewusst, wie viele Geräusche es in der Stadt eigentlich gab. Selbst in unserer ruhigen Nebenstraße war immer etwas zu hören: Stimmen und Hundegebell, Motorenlärm und entfernte Martinshörner. Und natürlich Rasenmäher – nicht nachts, aber garantiert samstags morgens um kurz nach sieben. Aber hier? Mit noch immer geschlossenen Augen lauschte ich angestrengt auf Geräusche, die durch das gekippte Fenster hereindrangen.

Nach einer Weile hörte ich tatsächlich etwas. Ein kaum wahrnehmbares Rauschen, vermutlich der Wind in den Blättern. Ein gelegentliches Knacken. Und dann den Ruf eines Vogels: hohl und melancholisch – ein Käuzchen?

Das Käuzchen ruft den Tod, hatte meine Oma mal zu mir gesagt. Und obwohl ich solchem Aberglauben nicht das Geringste abgewinnen kann, spürte ich in diesem Moment eine leichte Gänsehaut über meine Arme kriechen.

Schnell stand ich auf und schloss das Fenster, denn es war ungemütlich kalt in dem Raum geworden. Aristoteles maunzte unwillig, als ich meine Füße unter ihm wegzog, rollte sich aber sofort wieder auf meiner Daunendecke in eine bequeme Schlafposition. Ich beschloss, mir ein Glas Milch zu holen. Paul war am Nachmittag in den Ort gefahren, um Vorräte einzukaufen, und ein Glas Milch war neben Kopfrechnen für mich schon immer das beste Schlafmittel gewesen.

Die schmale Treppe knarrte, obwohl ich auf Zehenspitzen hinunterschlich. Aber Paul konnte ich nicht wecken, er war damit beschäftigt, den halben uns umgebenden Wald abzusägen.

In der engen Küche, ebenfalls Modell Eichefurnier, nahm ich die Milchpackung aus dem röchelnden Kühlschrank, goss mir einen Becher voll und trank mit großen Schlucken. Doch das übliche Gefühl von Bettschwere, das sich sonst nach dem Genuss von Milch in mir ausbreitete, wollte sich nicht einstellen. Missmutig löschte ich die Neonbeleuchtung und ging ins Wohnzimmer.

Paul hatte bereits damit begonnen, sich häuslich einzurichten. Auf der Vitrine sowie auf dem Tisch stapelten sich seine Bücher in einem ähnlich kreativen Chaos wie zu Hause in seinem Arbeitszimmer. Der erbärmlichen Inneneinrichtung konnte das nur guttun. Es gab mir einen Stich, all diese Bücher zu sehen und zu wissen, dass meine in einer Kiste in unserem Hausflur stehen geblieben waren, trotzdem ließ ich meinen Blick über die Titel wandern. Jede Menge Fachliteratur über Märchenrezeption und Mythenbildung – mich reizten diese Themen nicht im Entferntesten. Dazwischen lagen die unvermeidlichen Märchenbände, allein drei verschiedene Ausgaben von Grimms gesammelten Werken. Darunter halb verborgen entdeckte ich Pauls Laptop.

Als würde mich der kleine Rechner magisch anziehen, klappte ich den Deckel hoch. Der Bildschirm flackerte, dann baute sich der Desktop auf. Mein Vater hatte mal wieder vergessen, das Gerät auszuschalten. Ich starrte auf die Symbole, wie von selbst klickte mein Zeigefinger auf die Maus und öffnete den Internetexplorer. Einen kurzen Augenblick lang hoffte ich wider besseres Wissen, dann erschien die Störmeldung. *Diese Seite ist derzeit nicht verfügbar.* Ich schnaufte genervt von mir selbst und schloss das Fenster eilig wieder.

Als ich den Deckel herunterklappen wollte, fiel mein Blick auf ein Dokumentensymbol am oberen Bildschirmrand. *Die Legende von Bixdorf* stand darunter. Wieder reagierte mein Finger, bevor mein Gehirn ihm bewusst den Befehl dazu erteilt hatte. Klick, klick.

Glücklich und zufrieden lebten einst die Menschen von Bixdorf. Ihre Felder trugen reiche Ernten, ihre Kinder gediehen prächtig und der sie umgebende Wald bot ihnen Schutz. Doch begab es sich, dass in einem Jahr schreckliche Unwetter die Saat vernichteten und die Menschen im Winter nicht genug zu essen hatten. Und im Jahr darauf war es das Gleiche. Da hungerten die Menschen von Bixdorf und ihre Kinder wurden krank. Als nun das dritte Jahr herangekommen war und die Zeit der Aussaat bevorstand, brauten sich erneut die Wolken zusammen und die Bixdorfer blickten mit sorgenvollen Mienen zum Himmel und riefen: »Hilf uns, sonst müssen wir wieder hungern und unsere Kinder müssen sterben.«

Da trat aus dem dichten Wald ein wundersames Wesen aufs Feld. Das trug einen weiten, schwarzen Um-

hang und verbarg sein Gesicht darunter. Mit unheimlicher Stimme sprach es: »Ich bin die Hexe, der dieser Wald gehört, und ich will euch meinen Schutz anbieten. Eure Saat soll aufgehen. Eure Kinder sollen gedeihen. Ich will dafür sorgen, dass ihr keinen Hunger mehr leidet und keine Seuchen euch befallen. Zum Dank verlange ich nur eins: Gebt mir den zehnten Teil eurer Ernte. Diejenigen, die in der Blüte ihrer Jugend stehen, sollen die Gaben bringen. Das schönste dieser Kinder aber soll bei mir bleiben und mir dienen!« Da nickten die Menschen und riefen: »Das wollen wir tun.« Und die Saat ging auf und reich war die Ernte. Und in ihrem Glück vergaßen die Menschen von Bixdorf das Wesen aus dem Wald.

Doch als der Winter vergangen war und der Sommer wieder Einzug hielt, erschien erneut die Waldhexe und gemahnte die Bixdorfer an ihr Versprechen. Nun aber wollte keiner mehr ein solch großes Opfer bringen und sie ersannen eine List. Sie formten eine Puppe aus Stroh und schmückten sie mit reichen Gaben und diejenigen aus dem Dorf, die gerade siebzehn Jahre zählten, trugen sie in den Wald. So geblendet war die Hexe von ihrer Jugend und den reichen Gaben, dass sie die List erst bemerkte, als die jungen Menschen ins Dorf heimgekehrt waren.

Am nächsten Tag jedoch erschien sie zum dritten Mal und ihre Furcht einflößende Stimme schallte über die Felder und durch das Dorf. »Ihr habt mich getäuscht«, rief sie. »Deshalb werde ich euch nicht länger schützen. Wollt ihr nicht hungern, so werdet ihr hart arbeiten müssen. Doch ganz gleich, wie eure Ernten ausfallen, so rate ich euch: Bringt mir meinen Teil Jahr für Jahr, denn tut ihr das nicht, dann werde ich mir holen, was mir zusteht, und kein Kind aus eurem Dorf werdet ihr dann schützen können.«

Seit diesem Tag ward die Waldhexe nie mehr gesehen. Doch noch immer bringen die Bixdorfer ihr Opfer, wenn der Sommer Einzug hält, denn noch immer leben sie in der Angst, eines Tages könnte die Hexe ihre Drohung wahr machen.

Mit einem Kopfschütteln schloss ich das Dokument und klappte den Laptop zusammen. Was für ein abergläubischer Unsinn, dachte ich. Und deshalb hingen wir jetzt in diesem Wald fest. Wieder schüttelte ich den Kopf, schlich nach oben und kroch zurück in mein Bett.

Aber ich konnte noch immer nicht schlafen. Obgleich ich müde war, spürte ich eine innere Unruhe, die mich hinderte, in den Schlaf zu gleiten. Wieder meldete sich das Käuzchen, selbst durch das geschlossene Fenster drang sein trauriger Ruf. Und obwohl Aristoteles so viel Hitze ausstrahlte wie ein elektrischer Heizofen – und auch ebenso laut brummte – kroch erneut eine Gänsehaut meine Arme und meinen Rücken hinauf.

Kapitel 2

»Gretchen, aufstehen!« Paul klopfte an die Tür. Als ich nicht reagierte, streckte er seinen Kopf ins Zimmer. »Guten Morgen. Ich habe Kaffee gekocht.«

Verschlafen blinzelte ich ihn an. Weil ich vergessen hatte, die Fensterläden zu schließen, schien die Sonne durch die dünnen, gelblichen Vorhänge grell ins Zimmer, und ich kniff meine Augen wieder zusammen.

»Alles in Ordnung mit dir?« Paul klang ein wenig besorgt. Vermutlich gab ich eine jämmerliche Erscheinung ab. Nachdem ich endlich eingeschlafen war, hatte ich einen wirren Traum gehabt, in dem mich ein Unbekannter durch den Wald verfolgte. Das Wesen hielt sich verborgen zwischen den Bäumen, sodass ich es nicht erkennen konnte. Aber wie das bei Albträumen so ist, war ich mir die ganze Zeit sicher, dass es mir etwas antun wollte. Und ich rannte und rannte, bis ich mich so tief im Wald verirrt hatte, dass ich den Weg zurück nicht mehr fand. Schweißgebadet war ich aufgewacht und hatte noch mal wach gelegen, bis sich der Himmel vor dem Fenster bereits hell verfärbte.

Ich rieb mit den Handballen über meine geschlossenen Lider, um die Reste des Traumes und die bleierne Müdigkeit zu vertreiben. Oh Mann, was für ein Schwachsinn! Und schuld an diesem Albtraum war sicher nur die alberne Legende, die ich gestern Nacht noch unbedingt hatte lesen müssen.

»Alles okay«, antwortete ich und raffte mich mühsam auf. »Ich komme gleich.«

Paul musterte mich noch einmal skeptisch, drehte sich dann aber um und zog die Tür hinter sich zu. Ich hörte seine Schritte auf der Treppe, atmete tief durch und schwang meine Beine aus dem Bett.

Als ich die Decke zurückschlug, stellte ich fest, dass ich alleine war. Aristoteles musste irgendwann in der Nacht der Jagdtrieb gepackt haben. Ich erinnerte mich, in der Eingangstür eine Katzenklappe gesehen zu haben. Vermutlich hatte Aristoteles sie auch entdeckt. Für den Kater musste dieser Wald das Paradies auf Erden sein.

Bevor ich ins Badezimmer schlurfte, riskierte ich einen Blick aus dem Fenster. In der Nacht zuvor war mir der dunkle Wald mit seinen ungewohnten Geräuschen – allen voran der Ruf des Käuzchens – unheimlich, ja sogar bedrohlich vorgekommen. Nun schien die Sonne durch die hellgrünen Blätter und ihre Strahlen zeichneten ein verschlungenes Muster auf den Boden. Nichts daran war auch nur im Entferntesten bedrohlich. Es war einfach ein Wald. Ein großer, langweiliger Wald. Ich seufzte.

Ein weiteres Seufzen konnte ich mir nicht verkneifen, als ich die Dusche andrehte, aus der sich nur ein dünner, lauwarmer Strahl löste. Na wunderbar! Dieses Rinnsal reichte kaum aus, um die Spülung aus meinen dicken Haaren zu waschen. Und um mich wach zu machen, schon gar nicht. Dazu hätte ich heute vermutlich eine Dusche mit der Kraft eines Feuerwehrschlauches nötig gehabt.

Immerhin: Aus der Küche duftete mir frischer Kaffee entgegen, als ich etwa eine Viertelstunde später nach unten kam. Natürlich war es Filterkaffee, kein Vergleich zu dem cremigen Caffè Latte, den mir unser chromglänzender Vollautomat zu Hause auf Knopfdruck lieferte. Aber auch dieser hier enthielt Koffein und zur Geschmacksneutralisierung gab ich einen großzügigen Schuss Milch hinein.

Paul saß bereits an dem schmalen Klapptisch, der maximal Platz für zwei Personen bot, den Blick in ein dickes Buch vertieft, ein Marmeladentoast hing vergessen in seiner rechten Hand. Ich ließ mich auf den Plastikbezug des freien Stuhls fallen, im selben Moment kam Aristoteles um die Ecke geschossen. Dieser Kater hatte einen sechsten Sinn für Essbares. Er strich mir um die Beine und sah mich aus seinem einen Auge so flehentlich an, dass ich nicht widerstehen konnte. Ich goss etwas Milch auf einen Unterteller und stellte ihn vor Aristoteles auf den Boden. Während er schlabberte, strich ich gedankenverloren mit meinen Fingerspitzen durch sein glänzendes schwarzes Fell.

Ich hatte Aristoteles vor etwas mehr als einem Jahr auf der Straße aufgelesen. Er war damals winzig klein und offensichtlich das Opfer einer Brutalokatze geworden. Nicht nur, dass er unzählige Bisswunden aufwies, ihm fehlte auch das linke Auge. Zu meiner Überraschung machte Paul keinen Aufstand, als ich mit dem Katerchen nach Hause kam, sondern fuhr uns sogar zum Tierarzt, wo er ziemlich viel Geld lassen musste. Wieder zu Hause, krabbelte der kleine Kater unter größter Anstrengung auf mein Bett – und da war wohl auch Paul klar, dass er das Thema Tierheim gar nicht erst aufbringen musste.

»Gut geschlafen?« Paul hatte meine Anwesenheit bemerkt und sich von seinem Buch losgerissen. Ich grummelte eine unverständliche Antwort, langte nach einer Scheibe Toast und strich mir ebenfalls Himbeermarmelade darauf.

»Ich muss gleich in den Ort, um ein paar Interviews zu führen«, ignorierte Paul meine Konversationsverweigerung. »Und ich dachte, du magst vielleicht mitkommen.«

Es klang nicht wie eine Frage, und das ärgerte mich.

Paul glaubte anscheinend, ich hätte nichts Besseres zu tun, als mit ihm in dieses Kaff zu fahren und ihn bei seinen langweiligen Interviews zu begleiten. Doch das wirklich Ärgerlichere war, dass er damit recht hatte. Ich hatte nichts Besseres zu tun! Das Internet funktionierte nicht. Meine eigenen Bücher – unter anderem eine Gaußbiografie, eine Einführung in die philosophische Logik, ein Buch mit dem vielversprechenden Titel *Rechnen mit dem Weltmeister* sowie ganz zu unterst *Stolz und Vorurteil*, mein Lieblingsroman von Jane Austen – standen zu Hause im Flur. Blieb nur ein ausgiebiger Waldspaziergang. Aber für Bewegung in der freien Natur hatte ich mich noch nie begeistern können.

»Okay«, erwiderte ich also und hielt meinen Blick auf den Marmeladentoast gesenkt. Paul sollte nicht sehen, wie verloren ich mir in diesem Moment vorkam.

Bixdorf war wirklich ein Kaff – eine freundlichere Bezeichnung fiel mir einfach nicht ein. Knapp vierhundert Einwohner lebten hier, hatte Paul mir erklärt. Den Altersdurchschnitt schätzte ich auf jenseits der achtzig. Zumindest hatte ich bei der kurzen Fahrt durch den Ort ausschließlich alte Damen mit schlecht sitzender Dauerwelle gesichtet, die mit Körben über dem Arm oder auf ihren Rollator gestützt unterwegs waren, um ihre morgendlichen Einkäufe zu erledigen. Ihr Ziel: der einzige Supermarkt, der sich beim Vorbeifahren als winziger Tante-Emma-Laden entpuppte.

Links und rechts der Durchgangsstraße reihten sich die eher unscheinbaren Fünfzigerjahre-Häuser aneinander und ich fragte mich, welchen Vorteil man davon hatte, auf dem platten Land zu wohnen, wenn das Haus dennoch direkt an der Straße stand. Andererseits verirrte sich vermutlich selten ein Autofahrer in dieses Nest, somit durfte sich das Verkehrsaufkommen in Grenzen halten. Alles wirkte ältlich und grau, um nicht zu sagen: ein wenig heruntergekommen.

»Hier muss es sein.« Paul hantierte mit einer Liste, die er vor mir aus dem Fußraum gezogen hatte, und fuhr gegen den Bordstein bei dem Versuch, gleichzeitig zu lenken und die Adresse zu überprüfen. Unsanft brachte er den Wagen am Straßenrand zum Stehen, sehr zum Unmut einer der alten Damen, die gerade vorbeiging und einen Satz zur Seite machte.

»Hören Sie mal, junger Mann ...«, fauchte sie Paul an, als dieser aus dem Wagen stieg. Paul entschuldigte sich mindestens zehnmal, wahrscheinlich hatte er Sorge, er könnte gerade seine künftige Interviewpartnerin beinahe überfahren haben. Geschähe ihm recht, dachte ich und musste ein bisschen grinsen.

»Kommst du?« Paul hob seine Aktentasche von der Rückbank und nickte mit dem Kopf in Richtung des Hauses.

»Nee, lass mal. Ich schau mich lieber ein bisschen um.« Nicht dass ich mir davon viel versprach, aber der Gedanke, die nächsten zwei Stunden im Wohnzimmer einer dieser alten Damen bei einer Tasse Blümchenkaffee festzusitzen, erschien mir plötzlich unerträglich.

»Dann treffen wir uns gegen Mittag hier am Auto.« Mein Vater ließ mich ohne weitere Fragen ziehen, so wie er das eigentlich meistens tat.

Nachdem Paul die Haustür geöffnet worden war – natürlich von einer uralten dauergewellten Dame – stand ich unschlüssig herum. Was sollte ich bloß mit der Zeit bis Mittag anfangen? Es war gerade mal halb elf, wie mir ein Blick aufs Handy zeigte, das immer noch kein Netz finden konnte.

Mal schauen, ob der Tante-Emma-Laden ein angeschlossenes Internetcafé hatte? Haha! Oder wenigstens einen anständigen Latte to go verkaufte? Noch mal haha! Ich entschied mich, der Durchgangsstraße noch ein Stück zu folgen, irgendwo musste dieses Kaff ja auch wieder aufhören.

Während ich die Straße entlanglief, zerlegte ich die Hausnummern in ihre Primzahlen. Ich musste dafür nicht nachdenken, es passierte ganz automatisch. Ich zähle und rechne, seit ich denken kann. Zahlen sind meine zuverlässigen Begleiter. Als ich fünf Jahre alt war, überraschte ich meine Mutter damit, dass ich ihr an der Supermarktkasse die Rechnungssumme nannte, bevor die Verkäuferin die Waren eingescannt hatte. Wenn ich auf eine Bahn warten muss, dann addiere ich die Verspätungen auf der Anzeigentafel und errechne daraus den Durchschnitt. Und wenn ich ein beliebiges Datum lese, dann errechne ich im Kopf den dazugehörigen Wochentag. So ticke ich – und viele halten mich deshalb für einen Freak!

Der Ortskern präsentierte sich etwas beschaulicher als die Hauptstraße. Um einen kleinen Marktplatz, den eine gedrungene Kirche an der Kopfseite dominierte, standen hübsche Fachwerkhäuser älteren Baujahres. Außerdem musste ich den Altersdurchschnitt nach unten korrigieren: Mitten auf dem Platz hatte sich die Dorfjugend versammelt, sechs Jugendliche, zwei von ihnen saßen auf der Lehne einer Holzbank, die anderen standen herum.

Mein erster Impuls war, kehrtzumachen und davonzulaufen, bevor sie mich bemerkten. Doch im selben Moment rief eines der Mädchen etwas zu mir herüber. Meine Hand griff automatisch in meinen Nacken, um mir die Kapuze über den Kopf zu ziehen. Leider war es heute deutlich wärmer als gestern, sodass ich meinen Pulli im Volvo gelassen hatte und nur ein T-Shirt mit dem Aufdruck *Niveau sieht nur von unten aus wie Arroganz* trug. (Normalerweise zog ich das Shirt zum Schlafen an, aber heute Morgen hatte ich es, verpennt wie ich war, als Erstes aus dem Koffer gefischt.)

»Hallo!« Jetzt winkte das Mädchen auch noch. Ich schaute mich um, ob vielleicht jemand anderes hinter mir auf den Platz gekommen war, den sie begrüßte. Aber da war niemand. Sie meinte eindeutig mich. Nun schauten die anderen zu mir herüber. In ihren Gesichtern meinte ich Neugier zu sehen, aber das war aus dieser Entfernung nicht eindeutig festzustellen.

Was ich erkennen konnte, war, dass sie alle die übliche Uniform für Leute meines Alters trugen: enge Jeans und enge Shirts die Mädchen, Baggy Pants und lässige Shirts die Jungen. Nur das Mädchen, das mich gerufen hatte, stach mit einem geblümten Hippiekleid und dicken Zöpfen, in die sie bunte Bänder geflochten hatte, aus der Gruppe heraus.

»Hallo, komm doch mal rüber«, rief sie.

Ich kämpfte den fast unbändigen Wunsch nieder, so schnell wie möglich zu verschwinden. Bemüht ruhig schlenderte ich zu der Gruppe hinüber, hielt den Blick aber auf den Boden gerichtet, um in keins der gespannten Gesichter sehen zu müssen.

»Hi, ich bin Laura«, stellte das Hippiemädchen sich vor. »Das sind Jenny, Lars, Sven, Olli und Tina.« Sie zeigte jeweils auf die Betreffenden, doch weil ich keinen davon direkt ansehen mochte, konnte ich den Namen keine Gesichter zuordnen. »Und du musst die Tochter vom Professor sein.«

Aha. Sie hatten also bereits von meinem Vater und vermutlich auch von seinem Forschungsprojekt gehört. Wahrscheinlich gab es nichts, was sich in diesem Dorf nicht innerhalb eines halben Tages herumsprach.

»Hm«, brummte ich zustimmend.

»Und du heißt?«, hakte Laura nach. Offensichtlich ließ sie sich von meiner Wortkargheit nicht abschrecken.

»Greta«, murmelte ich leise, kam mir dann aber blöd vor und wiederholte lauter: »Ich heiße Greta.«

»Wie süß«, trompetete einer der Jungs und lachte. »Greta. Wie bei Hänsel und Gretel.«

Nun lachten auch die anderen.

Ich seufzte stumm. Den Witz auf meine Kosten hörte ich wirklich nicht zum ersten Mal.

»Pass bloß auf, dass dich nicht die böse Hexe holt«, gab ich meine Standardantwort.

Auf der Stelle verstummte das Gelächter und ich schaute die Jugendlichen um mich herum überrascht an. So schlagfertig war meine Erwiderung nun auch nicht gewesen. Die Mienen waren betreten und ich hatte augenblicklich das Gefühl, etwas Falsches gesagt zu haben. Nur Laura kicherte vor sich hin.

»Na, Lars, hat es dir die Sprache verschlagen?«, fragte sie amüsiert den Witzbold, der neben ihr auf der Bank saß. Er war ein bisschen mollig, hatte ein rötliches Gesicht und einen blonden Kurzhaarschnitt, den er mit reichlich Gel in Form gebracht hatte. Er starrte mich an, den Mund vom Lachen noch leicht geöffnet. In meine Richtung fügte Laura hinzu: »Glückwunsch, das gelingt nur den wenigsten.«

Ich hatte noch immer keinen Schimmer, warum meine Bemerkung eine solche Reaktion hervorgerufen hatte. Irgendetwas war komisch hier. Doch nach wenigen Sekunden rückten die anderen ihre Mimik wieder zurecht und taten, als wäre nichts geschehen.

»Und wie alt bist du?«, setzte ein Mädchen mit blond gesträhnten Haaren – war es Jenny oder Tina? – die Befragung fort.

»Fünfzehn.«

»Oh, schade, dann kannst du nicht mitkommen.«

»Mitkommen?«

»In den Wald«, erklärte Jenny-Tina etwas ungeduldig.

»In den Wald?« Ich kapierte einfach nicht, um was es eigentlich ging.

»Du weißt aber schon, was hier am Samstag los ist, oder?« Das war wieder Witzbold Lars. Endlich wurde mir klar, wovon die anderen sprachen.

»Das Sommerfest, ach so.«

»Ja, das Sommerfest.« Aus Lars' Mund klang es wie ein Jahrhundertereignis.

Dass wir wegen dieses Festes hier im Nirgendwo hingen, hatte ich beinahe verdrängt. »Die Tradierung und Lebendigerhaltung alter Überlieferungen in der heutigen Zeit am Beispiel der Legende von Bixdorf« lautete der Titel von Pauls Forschungsarbeit. Die Legende hatte ich ja gestern Abend gelesen, und dieses Sommerfest war der wichtigste Bestandteil der besagten Lebendigerhaltung, wenn ich mich recht an Pauls Erklärungen erinnerte. Ich hatte nicht besonders konzentriert zugehört, als mein Vater mir von dem Projekt erzählte.

»Was passiert denn eigentlich genau bei diesem Fest?«, fragte ich und stellte fest, dass ich gegen meinen Willen ein bisschen neugierig war.

»Na, das, was bei solchen Festen immer passiert: Es gibt jede Menge Würstchen und Bier. Für dich vielleicht ein paar Pfefferkuchen – und um Mitternacht ein Menschenopfer.« Lars sagte das so übertrieben, dass erneut alle anfingen zu lachen, trotzdem hatte ich das Gefühl, dass die anderen und auch er selbst sich nicht ganz wohl dabei fühlten.

»Und das bedeutet?«, hakte ich nach.

»Um Mitternacht ziehen wir Jugendlichen, also alle, die bereits siebzehn sind, in den Wald, um unsere Gaben abzuliefern. So ist es Brauch«, sprang Laura ein. Sie klang, als würde sie sich auf das Abenteuer freuen und mir gefiel, dass sie nicht so aufschneiderisch redete wie Lars. »Das *Menschenopfer* ist eine Strohpuppe, die wir übrigens noch basteln müssen. Und wo wir gerade davon sprechen: Wer meldet sich freiwillig?« Sie klatschte voller Tatendrang in die Hände und sah sich auffordernd in der Runde um. Das löste die seltsame Stimmung augenblicklich.

»Ich«, erklärte sich die blondgesträhnte Tina-Jenny sofort bereit.

»Ich auch.« Das war ein Junge, dessen tief hängende Jeans den Blick auf seine Simpsons-Boxershorts freigab.

Nach und nach meldeten sich die anderen.

»Und du, magst du uns helfen?«, wandte Laura sich an mich.

»Ich?« Verdattert schaute ich sie an. »Ich weiß nicht.«

Es war ja nicht so, dass ich etwas anderes zu tun hatte. Aber der Vorstellung, eine Strohpuppe zu basteln, konnte ich nicht viel abgewinnen. Noch weniger reizte mich allerdings die Aussicht auf einen Bastelnachmittag mit dieser ganzen Gruppe von Jugendlichen. Bislang hatte ich mich in meinem Leben noch nie als allzu teamtauglich erwiesen.

»Ich bin auch dabei«, rettete mich in diesem Moment eine weitere Stimme vor einer Antwort.

»Hi, Jojo, lässt du dich auch mal wieder blicken, Alter«, begrüßte Lars den Neuankömmling großspurig.

Der Junge nickte ihm und den anderen knapp zu. Er war gut einen Kopf größer als ich, hatte sehr kurz geschnittene, dunkelbraune Locken und ebenso dunkle Augen, die er fast unmerklich zusammenkniff, um mich zu mustern, bevor er seinen Blick weitergleiten ließ. Obwohl er zu dieser Gruppe zu gehören schien, wirkte er auf mich anders als seine Kumpels, vermutlich, weil er statt cooler Hängehosen eine gerade geschnittene Jeans und dazu ein langärmeliges Shirt trug, unter dem sich trainierte, aber keineswegs aufgepumpte Muskeln abzeichneten.

»Sorry, ich hatte noch zu tun«, gab er eine wenig erhellende Entschuldigung ab und klang nicht, als hätte er vor, mehr zu erzählen. Die Clique schien mit der Erklärung zufrieden zu sein und plötzlich teilte sich das Geschehen in mehrere Grüppchen auf. Zwei der Jungs zündeten sich Zigaretten an und begannen über Fußball zu fachsimpeln, die Mädchen planten ihre Outfits für das Sommerfest (wobei Laura eher gelangweilt zuzuhören schien) und Lars textete Jojo – hatte der wirklich einen so bescheuerten Namen? – mit den bisher nicht besonders ausgefeilten Plänen für ihr »Menschenopfer« zu. Ich beschloss, möglichst unauffällig zu verschwinden.

Doch als ich mich gerade umgedreht hatte, hielt mich Lars' durchdringende Stimme zurück.

»Das ist übrigens Greta«, stellte er mich seinem Kumpel vor. Notgedrungen wandte ich mich den beiden wieder zu. »Und das hier ist Johannes«, fuhr Lars fort. Johannes, immer noch besser als Jojo! Auch ich wurde mit einem knappen Nicken begrüßt. Besonders redefreudig schien dieser Typ nicht zu sein.

»Johannes ist der Sohn vom Chef hier im Ort, unserem Ortsvorsteher Sauer«, ergänzte Lars unbekümmert, ohne zu merken, dass diese Erklärung seinem Freund sichtlich unangenehm war. Mit einer ausladenden Armbewegung wies Lars auf ein Gebäude auf der anderen Seite des Platzes. Es war das größte der alten Häuser und wirkte herausgeputzt mit frisch gestrichener Fassade und einem butzenscheibenverglasten Erker. Ein passendes Zuhause für einen Ortsvorsteher, denn das war es vermutlich, was Lars mir damit sagen wollte. »Der Herr Ortsvorsteher Sauer hat euch übrigens das alte Hexenhaus im Wald vermietet«, setzte er großspurig hinzu.

»Haha«, entgegnete ich. Langsam war der Hänsel-

und-Gretel-Witz ausgereizt, fand ich. Doch zu meinem Erstaunen verstummten in diesem Moment alle Gespräche.

»Mensch, Lars, hör mit dem Müll auf«, fuhr Johannes ihn an. »Du weißt genau, dass das bloß abergläubisches Geschwätz ist. Die alte Sybilla war so wenig eine Hexe wie deine eigene Oma, auch wenn die dir diesen Blödsinn wahrscheinlich eingeredet hat.« Johannes' Hände ballten sich zu Fäusten, lösten sich aber sofort wieder.

»Okay, okay, ist ja gut«, beschwichtigte Lars seinen Kumpel sichtlich betroffen. »Ich halt schon die Klappe.«

Johannes nickte ihm zu und die anderen kehrten zu ihren eigenen Gesprächen zurück. Nur ich blieb noch einen Moment sprachlos stehen, bevor ich mich schließlich umdrehte und wegging, ohne mich zu verabschieden. Dabei plagte mich die unangenehme Gewissheit, überhaupt nicht kapiert zu haben, was gerade vorgefallen war.

Kapitel 3

Auf dem schnellsten Weg verließ ich den Marktplatz, damit möglichst niemand mein Verschwinden bemerkte. Als ich in den Schatten der gedrungenen Kirche eintauchte, atmete ich erst einmal tief durch und lauschte. Nein, niemand rief nach mir. Entweder sie hatten wirklich nicht mitgekriegt, dass ich abgehauen war, oder es war ihnen einfach egal.

Ich ging durch eine schmale Kopfsteinpflastergasse an der Kirche entlang und gelangte auf ihrer Rückseite an ein schmiedeeisernes Tor. Der Eingang zum Dorffriedhof. Ohne groß darüber nachzudenken, stieß ich das Tor auf, das sich mit einem leisen Quietschen öffnete, und betrat den säuberlich geharkten Kiesweg.

Die Größe des Friedhofs war überschaubar – bei einer Einwohnerzahl von unter vierhundert kein Wunder – und im Kontrast zu dem etwas heruntergekommen Örtchen penibel gepflegt. Auf den Gräbern standen frische Blumen, die Grabsteine waren auf Hochglanz poliert und die dunkelgrünen Hecken, die die Gräber in Einheiten zu je fünf Stück einteilten, wirkten wie mit der Nagelschere in Form gestutzt. Hinter einer der Hecken entdeckte ich eine alte Frau im Kittel, mit Gießkanne und einer kleinen Harke bewaffnet, die sich gerade auf den Heimweg machte. Sie nickte mir stumm zu, doch zwischen ihren Brauen meinte ich eine Falte des Misstrauens zu sehen.

Dann war ich allein und schlenderte zwischen den Gräbern umher. Hier und da warf ich einen neugierigen Blick auf die Namen auf den Grabsteinen, aber eigentlich hielt ich Ausschau nach einer Bank.

Ich weiß, dass viele Leute es pietätlos finden, manche vielleicht sogar gruselig, aber ich halte mich ausgesprochen gern auf Friedhöfen auf. Ich mag die ungestörte Ruhe, die man dort genießt. Wenn ich mich auf dem Friedhof hinsetze, lese oder einfach nur nachdenke, dann traut sich niemand, mich anzusprechen. Vielleicht haben die Leute Sorge, sie würden mich in meiner Trauer stören. Oder sie sind einfach zu sehr mit sich selbst beschäftigt. Keine Ahnung. Ich finde es jedenfalls angenehm.

Möglicherweise kommt meine Vorliebe für Friedhöfe aber auch daher, dass ich dort das Gefühl habe, meiner Mutter ein bisschen näher zu sein. Sie starb an Krebs, als ich acht war. Und ja, ich vermisse sie manchmal immer noch sehr. Dann gehe ich an ihr Grab und erzähle ihr all das, was ich Paul nicht erzählen kann, was ich niemandem erzählen kann. Ich glaube nicht, dass meine Mutter aus dem Himmel auf mich herunterschaut und mich versteht. Aber manchmal verstehe ich mich am Ende selbst ein bisschen besser.

Heute war ich aber nicht auf der Suche nach Antworten, ich wollte hier auf dem Friedhof nur die Zeit totschlagen (haha!), bis ich zu unserem Auto zurückgehen konnte. Die Uhr am Kirchturm zeigte kurz nach elf. Noch mindestens eine Stunde also. Endlich fand ich eine Bank in einer der hinteren Ecken, nahe der Friedhofsmauer aus dicken Bruchsteinen, und setzte mich. Dieser Teil des Friedhofs war merklich ungepflegter als der Rest. Um die wenigen Gräber schien sich niemand zu kümmern. Efeu überwucherte die Erde und in den Namenszügen auf den Grabsteinen hatte sich schon Moos eingenistet.

Ich stellte meine Umhängetasche neben mich auf die Bank, ohne den Riemen von der Schulter zu nehmen, und kramte darin nach einem Buch. Ich trage immer ein Buch mit mir herum, ohne Buch käme ich mir genauso nackt vor, als hätte ich vergessen, eine Jeans anzuziehen. Weil meine Bücher ja bekanntlich alle noch in einer roten Box in unserem Flur standen, hatte ich am Morgen wahllos eins von Pauls Märchenbüchern vom Tisch gegriffen und eingesteckt: Grimms gesammelte Werke (natürlich!).

Ich blätterte, bis ich das Märchen von Hänsel und Gretel fand. *Vor einem großen Walde wohnte ein armer Holzhacker mit seiner Frau und seinen zwei Kindern ...* Meine Augen schweiften ab. Ich hatte mich noch nie für Märchen begeistern können. Als ich klein war, hatte mein Vater mir jeden Abend ein Grimm-Märchen als Gute-Nacht-Geschichte vorgelesen, aber ich bekam Albträume davon. Noch immer fand ich die Erzählungen gleichzeitig langatmig und brutal. Welches kleine Kind bekommt *keine* Albträume, wenn man ihm von einer Hexe erzählt, die einen Jungen mästet, um ihn anschließend im Ofen zu braten?

Mein Blick blieb an dem Grabstein hängen, der direkt gegenüber etwas schief auf einem überwucherten Grabhügel lehnte. *Sybilla Maternus 1928–2005.* Sybilla. Der Name kam mir bekannt vor. War das nicht die Frau, von der Lars eben gesprochen hatte? Die er als Hexe bezeichnet hatte? Weshalb der andere, Johannes, sich so heftig aufgeregt hatte? Meine Neugier war geweckt.

Ich legte das Buch auf die Bank und machte drei Schritte hinüber zu dem Grab, ging in die Knie und betrachtete den Stein genauer. Es war ein schlichter Naturstein, der unbehauen wirkte. Kein Marmor mit Goldschrift wie auf den anderen Gräbern. Sybilla Maternus' Erben machten sich offensichtlich nicht viel aus teurem Grabschmuck und aus Grabpflege. Oder aber es gab keine Erben. Ich fand es immer spannend, mir die Geschichten hinter den Grabsteinen auszudenken. In diesem Fall hatte ich sofort das deprimierende Bild einer greisen Frau vor Augen, die einsam zwischen den scheußlichen Möbeln in ihrem Waldhaus auf den Tod gewartet hatte.

»Guten Tag«, hörte ich in diesem Moment eine freundliche Stimme hinter mir. »Suchst du etwas?« Ertappt wandte ich mich um. Trotz der sommerlichen Wärme trug der Mann einen schwarzen Anzug mit einem kleinen, weißen Stehkragen am Hals, sodass ich ihn als den Pfarrer identifizierte.

»Ich, äh ... nein«, stotterte ich und stand schnell wieder auf.

»Mein Name ist Grau, ich bin der Pfarrer dieser Gemeinde«, bestätigte der Mann meine Vermutung. Ich musste ein unpassendes Grinsen unterdrücken, als er mir seinen Namen nannte. Obwohl er noch nicht alt war, vielleicht Ende dreißig, war sein kurzes Haar vollständig ergraut, auch sein Gesicht wirkte grau und selbst seine Augen, aus denen er mich aufmerksam musterte, hatten einen irritierenden Grauton.

»Und du heißt?«, fragte Pfarrer Grau. Er klang noch immer freundlich, umso peinlicher war mir plötzlich meine eigene Unhöflichkeit.

»Greta«, antwortete ich schnell. »Greta Jakobi.«

»Ah, die Professorentochter.« Er streckte mir seine Hand hin, die ich zögernd ergriff. »Willkommen in Bixdorf.« Ich brachte ein bemühtes Lächeln zustande.

»Und du interessierst dich also für Gräberkunde«, folgerte Pfarrer Grau aus meinem Verhalten. Ohne eine

Antwort abzuwarten, fuhr er fort: »Das ist ja eher ungewöhnlich für dein Alter. Nun, auch ich interessiere mich schon seit Längerem dafür. Leider hat man in einem kleinen Ort wie diesem wenig Gelegenheit, seine entsprechenden Kenntnisse zu vertiefen. Ich bin erst seit zwei Jahren in dieser Pfarrei tätig, aber ich glaube, mittlerweile kenne ich die Geschichte hinter jedem dieser Grabsteine, na ja, hinter fast jedem.«

Ich nickte nur und hoffte, dass der Pfarrer keine Antwort erwartete. Aber Pfarrer Grau schien erfreut, einen scheinbar interessierten Gesprächspartner gefunden zu haben, dem er seine Erkenntnisse mitteilen konnte.

»Dieses Grab hier zum Beispiel hat mich von Anfang an fasziniert.« Er deutete auf den Grabstein von Sybilla Maternus, den ich gerade inspiziert hatte. »An einer solchen Stelle, abseits von den anderen Mitgliedern der Dorfgemeinschaft, wurden früher Menschen mit einem schlechten Ruf beerdigt. Solche, die einen unehrenhaften Beruf ausübten, etwa. Aber das ist schon lange her. Warum diese Frau in einem solchen Grab ihre letzte Ruhe gefunden hat, habe ich bislang nicht in Erfahrung bringen können. Normalerweise sind die Bixdorfer recht redselig, doch in dieser Frage: nichts Konkretes.«

Ich wunderte mich, dass der Pfarrer mir, einer völlig Fremden, all das erzählte. Vermutlich fand er nur selten jemanden, der seinen Ausführungen über Grabkunde lauschen wollte. Eigentlich wollte ich das auch nicht. Ich war hierhergekommen, um meine Ruhe zu haben.

»Ich muss dann mal los«, warf ich ein. Doch Pfarrer Grau ließ sich davon nicht beeindrucken.

»Das rätselhafteste Grab findet sich übrigens gleich hier drüben.« Er nahm mich am Ellbogen und führte mich einige Meter hinter sich her, bis wir vor einem unscheinbaren Grab standen. Es war ebenso überwachsen wie das von Sybilla Maternus. Doch der kleine Grabstein sah aus, als habe sich jemand einst große Mühe damit gemacht. Er hatte die Form von zwei Engelsflügeln und in verblasster goldener Schrift war nur ein Vorname hineingeprägt: *Britta.*

Ich starrte auf den Stein und spürte trotz der Hitze eine Gänsehaut auf meinem Rücken.

»Eigentlich ist das ein typisches Kindergrab«, erläuterte Pfarrer Grau. »Aber die anderen Gräber für die im Kindesalter Verstorbenen befinden sich dort drüben.« Er wies in Richtung der Kirche. »Ich habe noch immer nicht herausgefunden, um wen es sich bei der Verstorbenen handelt.« Er klang, als halte er das für ein persönliches Versagen.

»Ich muss jetzt wirklich los. Mein Vater wartet auf mich.« Ruckartig befreite ich meinen Ellbogen. Ich merkte selbst, dass ich sehr unhöflich war, deshalb drehte ich mich im Weggehen noch einmal um und rief über die Schulter: »Vielen Dank für die interessanten Erklärungen.« Dann beeilte ich mich, zu dem schmiedeeisernen Friedhofstor zu kommen.

Erst als es quietschend hinter mir zuschwang, fiel mir

ein, dass ich das Märchenbuch auf der Bank vergessen hatte. Aber ich wollte auf keinen Fall umkehren, um es zu holen, und dem Pfarrer damit die Gelegenheit zur Fortsetzung seiner Friedhofsführung bieten. Wenigstens hatte ich meine Tasche gar nicht erst von der Schulter genommen. Nun schlug sie mir gegen den Oberschenkel, während ich mich mit schnellen Schritten entfernte.

Als ich zu unserem Auto zurückkam, war mein Vater noch nicht da. Ich lehnte mich mit dem Rücken an die staubige Karosserie und schloss die Augen. Die schlechte Nacht forderte ihren Tribut, Müdigkeit pochte gegen meine geschlossenen Lider. Gleichzeitig fühlte ich mich seltsam aufgewühlt, so als hätten die Worte des Pfarrers und der Anblick der Gräber etwas in mir berührt, das ich nicht genauer benennen konnte.

»Da bist du ja schon«, riss mich Pauls Stimme aus meinem Dämmerzustand. Gut gelaunt trat er durch ein angerostetes Eisentor aus dem Vorgarten gegenüber. Als er mich aus der Nähe betrachtete, wurde sein Gesichtsausdruck besorgt. »Gretchen, ist wirklich alles in Ordnung mit dir? Du bist ja ganz blass. Du wirst mir doch nicht krank werden?«

»Nee, alles okay«, wehrte ich genervt ab. So viel väterliche Sorge war ich von Paul gar nicht gewöhnt. Vermutlich trieb ihn sein schlechtes Gewissen, weil er mich in die Einöde verschleppt hatte. »Ich hab nur ein bisschen Kreislaufprobleme. Muss die Hitze sein.« Tatsächlich war es gegen Mittag drückend warm geworden. Schwere Wolken verdüsterten den eben noch sonnigen Himmel.

»Ich leg mich gleich ein bisschen hin, dann geht es bestimmt schnell vorbei«, versuchte ich Paul zu beruhigen.

»Klingt vernünftig«, erwiderte mein Vater. »Leider muss ich noch zu einem weiteren Interview, bevor ich dich zurückfahren kann.« Er zuckte entschuldigend mit den Schultern. »Willst du nicht mitkommen? Dort kannst du dich sicher auch ausruhen.«

Ich stöhnte leise. Der Weg zurück zu unserem Waldhäuschen war zu weit, um zu Fuß zu gehen. Was blieb mir also anderes übrig, wenn ich nicht weiter in diesem trostlosen Kaff herumstreifen wollte? Und das wollte ich definitiv nicht.

»Okay«, stimmte ich unwillig zu. »Ich hol mir nur vorher schnell 'ne Cola.«

»Sicher, Gretchen, mach das.« Mein Vater wirkte erleichtert.

Also ging ich eilig ein Stück die Hauptstraße zurück zu dem kleinen Tante-Emma-Geschäft. Ein vielstimmiges elektronisches Läuten ertönte, als ich die Ladentür aufdrückte. Das Lädchen war leer bis auf eine füllige Frau hinter der Kasse, deren zu tief ausgeschnittenes Shirt Einblicke bot, auf die ich gern verzichtet hätte. Bei meinem Eintreten hob sie ruckartig den Blick von ihrem Kreuzworträtsel und musterte mich mit schlecht verborgener Neugier.

»Guten Tag«, begrüßte sie mich mit lauter Stimme. »Kann ich dir helfen?«

»Äh, ich hätte gerne eine Cola«, erwiderte ich und senkte meinen Blick auf den Boden. Die bohrenden Augen der Verkäuferin waren mir unangenehm.

»Da drüben.«

Ich ging zu dem Getränkeregal und griff mir eine Flasche. Wow, der Preis lag neunzehn Cent höher als bei uns im Supermarkt. Wenn das auf alle Artikel hier im Laden zutraf, war es kein billiges Vergnügen, in diesem Kaff einzukaufen. Während ich zur Kasse zurückging, überschlug ich im Kopf die Mehrkosten pro Jahr bei einem angenommenen Colaverbrauch von einer halben Flasche am Tag sowie die Gesamtkosten bei der derzeit durchschnittlichen Lebenserwartung von 82,59 Jahren.

»Schönen Tag noch«, verabschiedete sich die Kassiererin mit immer noch zu lauter Stimme, nachdem sie meine abgezählten Münzen in Empfang genommen hatte.

Vor dem Laden trank ich die halbe Flasche leer ohne einmal abzusetzen. Danach ging es mir tatsächlich etwas besser.

Paul lehnte ebenso am Auto wie ich zuvor. Als er mich kommen sah, hob er seinen dicken Aktenkoffer vom Gehsteig hoch und kam mir ein paar Schritte entgegen.

»Hier ist es schon.« Er deutete auf ein Haus mit ergrautem Putz auf der gegenüberliegenden Straßenseite. Auch die knallroten Geranien in den Blumenkästen vor den vergitterten Fenstern konnten den trüben Eindruck des Gebäudes nicht vertreiben. Mit festem Schritt ging Paul auf die Eingangstür zu und drückte energisch auf die Klingel. Nichts geschah. Paul läutete noch einmal. Nach einer ganzen Weile hörten wir schlurfende Schritte, dann wurde die Tür einen Spalt geöffnet und eine alte Frau streckte ihr faltiges Gesicht heraus.

»Frau Bayer?«, fragte Paul mit freundlicher Staubsaugervertreterstimme.

»Ja?« Die alte Dame hatte einen knarrenden Tonfall.

»Ich bin Professor Paul Jakobi. Wir hatten korrespondiert. Sie erinnern sich, dass wir für heute einen Gesprächstermin vereinbart haben?«

»Ach ja.« Die Tür öffnete sich ein Stück. »Dann kommen Sie mal herein.«

Hinter Paul drückte ich mich in einen düsteren Flur mit Holzpaneelen an den Wänden.

»Das ist meine Tochter Greta«, stellte Paul mich vor und Frau Bayer bedachte mich mit einem langen Blick aus ihren trüben Augen.

»Wie alt?«, knarrte sie.

»Fünfzehn«, gab ich etwas verwundert zur Antwort.

»Gut«, war ihre einzige Reaktion. Unsere Gastgeberin war nicht groß, mindestens einen Kopf kleiner als ich, und ihre Schultern waren gebeugt. Doch sie wirkte keineswegs gebrechlich. Mit einer energischen Handbewegung bedeutete sie uns, ihr zu folgen, und schlurfte in ein ebenso düsteres Wohnzimmer, wo sie uns auf ein unbequemes Sofa mit Schondecke dirigierte.

»Kaffee?« Ohne Pauls Antwort abzuwarten, verließ sie den Raum wieder und kehrte mit einem Tablett zurück, auf dem eine Thermoskanne und Tassen standen. Die dünne Brühe, die sie Paul kurz darauf einschenkte, sah eher aus wie Tee. Dankend lehnte ich ab und deutete auf meine Cola.

»Also, was wollen Sie wissen?« Schwerfällig ließ sich Frau Bayer in einen Sessel fallen.

»Ich habe hier ...«, Paul kramte in seinem Aktenkoffer, was einen sehr professionellen Eindruck machte, »... einen standardisierten Fragebogen vorbereitet. Wenn es Ihnen recht ist, gehen wir die Fragen gemeinsam durch. Natürlich werden Ihre Antworten später anonymisiert.«

Die alte Frau nickte und erweckte dabei den Anschein, als hätte sie nicht so ganz begriffen, was Paul von ihr wollte.

»Der Einfachheit halber würde ich Ihre Antworten gerne aufzeichnen.« Wieder kramte Paul in seinem Koffer und förderte ein Aufnahmegerät hervor. »Natürlich nur, wenn Sie nichts dagegen haben.«

Nun schüttelte Frau Bayer den Kopf.

»Gut.« Paul kritzelte eine Nummer oben auf den Fragebogen und sprach diese ebenfalls auf Band. Dann legte er los.

»Darf ich Sie nach Ihrem Alter fragen?«

»Vierundachtzig«, erklärte Frau Bayer mit Stolz.

»Und wie lange leben Sie schon in Bixdorf?«

»Seit meiner Geburt.«

Das konnte dauern, stellte ich genervt fest. Als ich versuchte, mich bequem zurückzulehnen, versank ich fast in den ausgesessenen Sofapolstern. Wieder überkam mich die Müdigkeit und ich begann, vor mich hinzudösen.

»... das war die Sybilla.« Der Satz ließ mich augenblicklich hochfahren. Ich musste eingeschlafen sein. Pauls Kugelschreiber ruhte bereits über der vorletzten Frage. Und irgendwie war es ihm in der Zwischenzeit gelungen, Frau Bayer um den Finger zu wickeln. Mit glühenden Wangen und hoch konzentriertem Blick saß sie vorgebeugt in ihrem Sessel und fieberte geradezu vor Eifer, Pauls Fragen zu beantworten. Auch ich war hellwach, seit ich den Namen Sybilla gehört hatte. Ob das die Frau war, deren Grab ich auf dem Friedhof entdeckt hatte?

»Ich kannte die Sybilla ja schon, als wir noch kleine Mädchen waren«, fuhr Frau Bayer fort und ihre Stimme bekam einen beinahe verschwörerischen Unterton. »Und ehrlich gesagt war die schon als Kind ein bisschen komisch. Na ja, wen wundert das, wenn man bei der Großmutter mitten im Wald aufwächst. Die Mutter war wohl bei der Geburt gestorben, und der Vater ... nun, da wurde so einiges gemunkelt, aber gewusst hat man es nicht. Jedenfalls blieb die Sybilla immer für sich, auch in der Volksschule. Und später hat man sie kaum noch gesehen im Dorf. Aber von ihrer Großmutter hatte sie die Sprüche und Salben und Tränke gelernt. Und die Leute sind immer zu ihr gegangen, wenn sie was brauchten.«

»Wenn sie *was* brauchten?«, hakte Paul nach. Er schien ganz eingenommen von der Erzählung und auch ich hing wie gebannt an den Lippen der alten Frau.

»Na, wenn sie krank waren, oder etwas gegen Schlaflosigkeit brauchten. Oder wenn die Ehe kinderlos blieb. Die jungen Mädchen kamen auch wegen der Liebe …« Frau Bayer machte eine allumfassende Armbewegung, als müssten wir selbst begreifen, was Sybilla für die Leute im Dorf getan hatte. Leider verstand ich gar nichts. Paul hingegen schien seine Schlüsse zu ziehen.

»Sybilla Maternus war also eine Art Hexe«, sagte er fasziniert. »Womöglich die Verkörperung der Waldhexe aus der Legende?«

Im selben Moment, als er die Frage aussprach, wurde Frau Bayers Gesicht plötzlich verschlossen, als wäre eine Jalousie heruntergelassen worden.

»Na, so würde ich es nicht sagen«, murmelte sie. Erstaunlich schnell erhob sie sich aus dem Sessel und fing an, die Kaffeetassen zu stapeln. »Ich muss jetzt mal weitermachen.«

Verdattert schnappte Paul sich sein Aufnahmegerät vom Tisch und stand ebenfalls auf.

»Vielen Dank für Ihre Zeit und Ihre Antworten«, sagte er höflich und bedeutete mir zu gehen.

»Gerne«, erwiderte Frau Bayer knapp und schlurfte mit dem Tablett Richtung Küche. »Sie finden ja sicher hinaus.«

Kapitel 4

Am nächsten Tag fuhr Paul für weitere Interviews in den Ort. Wieder bot er mir an, ihn zu begleiten, aber mir hatte das Erlebnis vom Vortag gereicht. Noch mehr Aberglauben konnte ich einfach nicht ertragen.

Planlos streifte ich durchs Haus. Das war also das »Hexenhaus«, in dem Sybilla Maternus bis zu ihrem Tod gelebt hatte. Ob die scheußlichen Möbel von ihr stammten? Schlief ich womöglich in ihrem Bett? Mich schauderte bei dem Gedanken, doch gleichzeitig ärgerte ich mich über dieses Gefühl. Es war nichts als Aberglaube, ermahnte ich mich. Das Haus war nichts als ein altes Haus. Der Wald nichts als ein großer, dichter Wald. Und die Legende nichts als eine Legende!

Wie um mir selbst zu beweisen, dass ich über all diesem Unsinn stand, beschloss ich, einen Spaziergang zu machen.

Das Wetter war noch immer drückend. Obwohl ich gestern noch fest mit einem Gewitter gerechnet hatte, war kein Regentropfen gefallen. Schon als ich vor die Haustür trat, spürte ich, wie sich ein dünner Schweißfilm auf meinen Armen ausbreitete. Tolle Voraussetzungen für einen Waldspaziergang! Aber jetzt war ich fest entschlossen.

Von unserem Häuschen führte nur ein einziger breiter Weg fort und das war die Schotterpiste, die mich zur Hauptstraße bringen würde. Also keine Option. Ansonsten gab es noch einen schmalen Trampelpfad, der bereits nach wenigen Metern in einer Biegung zwischen den Bäumen verschwand. Ich schlug ihn ein.

Hatte ich bereits erwähnt, dass ich nicht viel von Bewegung in der freien Natur halte? Meine Vorurteile wurden jedenfalls schon nach kurzer Zeit bestätigt. Der Trampelpfad machte seinem Namen alle Ehre. Ständig ragten Wurzeln aus dem Boden, die mich in meinen wenig geländegängigen Chucks zum Straucheln brachten. Ab und an musste ich sogar mit Dornengestrüpp kämpfen, das meinen Weg überwucherte. Stur ging ich dennoch weiter. Ich hatte mir vorgenommen, spazieren zu gehen, also würde ich das tun.

Und zu meiner eigenen Überraschung ging es nach einer Weile besser voran. Ich gewöhnte mich an den unebenen Untergrund, setzte meine Schritte vorsichtiger und verlangsamte insgesamt mein Tempo. So blieb mir Zeit, auch die schönen Seiten meiner Umgebung wahrzunehmen. Den vielstimmigen Gesang der Vögel. Das Knacken der Zweige unter meinen Füßen. Das sanfte Rauschen in den Bäumen und das leichte Wiegen der Blätter im Wind. Ich atmete tief durch. Trotz der lastenden Schwüle roch die Luft viel frischer, als ich es als Stadtkind gewöhnt war.

Bald verlor ich mein Zeitgefühl. Und als ich müde wurde – ich hatte wieder miserabel geschlafen und unheimlichen Schwachsinn geträumt – suchte ich mir einen Platz im weichen Moos und lehnte mich an einen Baumstamm.

Plötzlich wurde es dunkel. Der Gesang der Vögel verstummte. Und mich packte das schreckliche Gefühl, dass mich jemand beobachtete. Ich sprang auf. Wild blickte ich mich um. Aber da war niemand. Nur Büsche und Bäume. Schatten und dunkle Ecken. Ich wollte nach Hause. So schnell wie möglich. Weg von diesem Blick, den ich spürte, aber nicht zuordnen konnte. Diesem Blick, der mich zu durchdringen schien. Mich verfolgte, egal, wohin ich mich wandte. Ich drehte mich im Kreis, suchte verzweifelt nach dem Weg, auf dem ich gekommen war. Doch der war verschwunden.

Ich hastete in die eine Richtung. Stolperte wieder über Wurzeln und Zweige. Schlug hin. Rappelte mich auf. Rannte in die andere Richtung. Der Blick war noch immer da. Ich konnte ihm nicht entkommen.

Und dann hörte ich ein Knacken. Schritte! Jetzt kommt er, um mich zu holen! Aber niemand kam. Und das waren auch keine Schritte. Was da knackte, war Feuer. Schon sah ich seinen hellen Schein durch die Bäume. Wo Feuer ist, müssen auch Menschen sein. Vielleicht war das meine Rettung. Ich schlug mich durchs Gebüsch. Die Dornen zerschrammten meine nackten Arme, zerrissen mir die Hosenbeine. Wieder sah ich die Flammen. Spürte die Hitze. So viel Hitze! Das war kein gewöhnliches Feuer. Kein Lagerfeuer, um das sich Menschen versammelten. Das war ein riesiger Brand! Und ich rannte direkt darauf zu. Rannte in die Flammen!

Mit einem Schrei erwachte ich.

Mein Herz raste. Meine Stirn glühte, mein Shirt war durchgeschwitzt. Es war ein Traum. Bloß ein verfluchter Albtraum! Hörten diese Träume denn gar nicht mehr auf mich zu quälen? Normalerweise schlief ich tief wie ein Baby. Aber seit wir in diesem Wald angekommen waren, verfolgten mich im Schlaf die schaurigsten Visionen.

Atmen! Tief durchatmen. Denken. Die ersten dreißig Nachkommastellen von Pi lauten: drei Komma eins, vier, eins, fünf, neun, zwei, sechs, fünf, drei, fünf, acht, neun, sieben, neun, drei, zwei, drei, acht, vier, sechs, zwei, sechs, vier, drei, drei, acht, drei, zwei, sieben, neun. Das Herunterbeten von stupide auswendig Gelerntem beruhigte mich. Das war nur ein Traum, versicherte ich mir immer wieder.

Dann hörte ich ein Knacken und mein Herz begann wieder zu rasen.

»Hey, alles okay?« Zwischen den Bäumen trat ein Junge hervor, der mir bekannt vorkam, den ich in diesem Moment aber garantiert anstarrte wie einen Geist.

»Ich hab einen Schrei gehört. Warst du das?« Der Junge näherte sich vorsichtig. Jetzt erkannte ich ihn. Das war Johannes, der Typ vom Marktplatz, der sich mit Lars wegen der Hexengeschichte angelegt hatte. Was machte der denn hier mitten im Wald?

»Hallo, hörst du mich?«, fragte er lauter, wobei er jedes Wort betonte. Er kam noch zwei Schritte auf mich zu und ging vor mir in die Hocke.

Ich nickte. Mehr brachte ich nicht zustande. Meinen Kiefer hatte ich vor Schreck so fest zusammengepresst, dass die Zähne wie mit Sekundenkleber verleimt schienen.

»Stehst du unter Schock oder so was?«, fragte Johannes, wobei er klang, als würde er anfangen an meiner Zurechnungsfähigkeit zu zweifeln.

Ich schüttelte den Kopf. Obwohl ein Nicken wohl auch gepasst hätte, aber diese Blöße wollte ich mir nicht geben.

»Hast du dich vielleicht verirrt?«

Die Unterstellung bewirkte immerhin, dass meine Zähne sich voneinander lösten.

»Nein, natürlich nicht«, erklärte ich empört darüber, dass er mich für eine derart unfähige Stadtpflanze hielt. »Ich bin von da drüben gekommen.« Ich wies in die Richtung. Dann folgte ich Johannes' zweifelndem Blick –

und stellte fest, dass sich in Verlängerung meiner Hand dichtes Dornengestrüpp befand.

»Hm, vielleicht war es auch von dort«, räumte ich ein und wedelte unbestimmt in eine andere Richtung.

Johannes lachte leise. Es klang nicht gehässig, wie ich es erwartet hätte, sondern freundlich amüsiert.

»Ich begleite dich wohl besser nach Hause«, bot er an. So langsam ging mir seine Überheblichkeit auf den Wecker.

»Nicht nötig, wirklich, ich finde den Weg schon.«

»Okay.« Er zuckte nur gelangweilt mit den Schultern.

Ich rappelte mich auf. Fest entschlossen, so schnell wie möglich zu verschwinden, blickte ich mich um. Dabei geriet mein Entschluss bedenklich ins Wanken. Von der winzigen Lichtung, auf der wir uns befanden, ging kein einziger Weg ab. Und ich konnte mich beim besten Willen nicht mehr erinnern, in welche Richtung ich gehen musste. Johannes beobachtete mich stumm.

»Vielleicht könnte ich deine Hilfe doch gebrauchen«, räumte ich schließlich kleinlaut ein. Ein schmales Lächeln zuckte um seinen Mund.

»Okay«, sagte er wieder. »Da entlang.«

Zielsicher deutete er auf einen engen Durchgang zwischen zwei Baumstämmen. Als ich unschlüssig stehen blieb, ging er einfach voraus. Ich folgte ihm eilig, denn ich wollte ihn lieber nicht aus den Augen verlieren. Eine Weile liefen wir schweigend hintereinander. Der Pfad war zu schmal, um nebeneinanderzugehen. Und ich hatte auch gar kein Bedürfnis danach. Johannes legte ein beachtliches Tempo vor, mit selbstverständlicher Sicherheit lief er über den unebenen Waldboden und setzte seine Schritte dennoch so umsichtig, dass kaum ein Zweig zu Bruch ging. Ich hingegen stolperte erneut über Wurzeln und Äste und fluchte leise, wenn ich im Gestrüpp hängen blieb. Meine Güte, zog sich dieser Weg!

»Du bist nicht oft im Wald unterwegs?«, fragte Johannes irgendwann über die Schulter, es hörte sich allerdings mehr wie eine Feststellung an.

»Doch, ständig«, erwiderte ich patzig, ärgerte mich aber sofort über meine eigene Unhöflichkeit. Auch wenn der Typ ziemlich überheblich wirkte, half er mir gerade aus der Patsche. »Du bist aber viel im Wald, oder?«, fragte ich deshalb freundlicher.

»Immer, wenn ich Zeit habe«, antwortete er und verlangsamte seine Geschwindigkeit ein bisschen. Dankbar atmete ich durch. »Hier hat man wenigstens seine Ruhe.«

Ich fragte mich, ob er sauer war, weil ich diese Ruhe gestört hatte. Doch dann sagte Johannes zu meinem Erstaunen: »Komm, ich zeig dir was. Ist ganz in der Nähe.«

Wieder eilte er voran, nun ging es auch noch bergauf und ich kam kaum hinterher. Plötzlich verschwand er zwischen den Bäumen.

»Johannes«, rief ich ängstlich und wütend zugleich. Was war das für ein blödes Spiel?

Da hörte ich seine Stimme. »Hier.«

Ich folgte dem Klang und schon nach kurzer Zeit trat ich zwischen hohen Bäumen hinaus auf eine Lichtung. Im selben Moment riss die mittlerweile beinahe schwarze Wolkendecke einen Spalt auf und die Sonne schickte einen schmalen Strahl heraus, der die Blätter der Bäume ebenso wie das Gras am Boden grün glühen ließ.

Noch einmal hörte ich Johannes rufen: »Hier oben.« Ich entdeckte ihn auf einem wackeligen Hochsitz. »Komm.«

Unschlüssig stand ich wie festgenagelt. Was sollte das Ganze? Warum wollte dieser wildfremde Junge, dass ich zu ihm auf einen Hochsitz kletterte? Und vor allem: Wollte ich das? Ich versuchte, Pro und Kontra abzuwägen, fühlte mich verunsichert, als das nicht gelang, weil es weder logische Argumente dafür noch dagegen gab. Schließlich siegte meine Neugier.

Die morsche Leiter wankte bedenklich, als ich die Stufen erklomm. Schließlich krabbelte ich auf die enge Plattform.

»Schau«, sagte Johannes schlicht. Und ich staunte.

Von hier oben hatte man einen unglaublich weiten Blick über die Wipfel der Bäume, die sich wie sanfte Wellen über die umliegenden Hügel ausbreiteten. In einem Tal zu unserer Linken erkannte ich eine Ansammlung von Dächern und rundherum einige Felder. Doch ansonsten gab es nichts als Wald!

»Bixdorf«, erklärte Johannes, als ich auf die Häuser deutete.

Mitten im Nichts, dachte ich.

»Der nächste Ort ist zehn Kilometer entfernt, die Kreisstadt fast zwanzig«, sagte Johannes, als hätte er meinen Gedanken erraten. »Da ist die Straße.« Er zeigte auf ein schmales graues Band, das sich durch das Grün wand.

»Wer schlau ist, fährt in diese Richtung«, fügte er hinzu und wies mit dem Zeigefinger zum Horizont, fort von Bixdorf. Die Worte klangen bitter.

»Du wohnst nicht gerne hier?«

Ein Schnaufen ersetzte die Antwort. Ich konnte ihn gut verstehen. Nachdenklich rieb er sich mit seinem Zeigefinger über die Schläfe. Mir fiel auf, dass eine schmale Narbe sich vom Augenwinkel bis zur Braue zog. Wo hatte er die denn her?

»Von hier oben wirkt es so weit weg«, nahm Johannes nach einigen Minuten des Schweigens das Gespräch wieder auf. »Der Ort, die Menschen ... alles weit weg. Ich glaube, deshalb komme ich her.«

Ich musste an mein Zimmer zu Hause in Bonn denken, an mein Bett, das sich hinter einem breiten Bücherregal versteckte und in das ich mich flüchten konnte, wenn ich genug von der Welt da draußen hatte, genug von den Idioten in der Schule, genug von unserem großen, leeren Haus. Wieder konnte ich nur zu gut nachvollziehen, was Johannes meinte. Und trotzdem verstand ich etwas nicht.

»Ich dachte, die anderen, das wären deine Freunde?«,

fragte ich und hoffte, dass er meine Frage nicht zu persönlich fand.

Noch einmal zuckte Johannes nur mit den Schultern. »Klar«, sagte er. »Aber ... ach, ich kann es dir nicht erklären.«

Er schenkte mir ein schmales Lächeln. Eins, das so voller Traurigkeit war, dass es mir das Herz zusammenzog und ich den verrückten Wunsch verspürte, ihn in den Arm zu nehmen. Und plötzlich verstand ich ihn, auch ohne dass Johannes mir etwas erklärte. Seine unnahbare Art, die ich für Überheblichkeit gehalten hatte, war nur ein Schutzwall. Was er dahinter verbarg, wusste ich nicht. Ich wusste nur, dass ich es gerne herausfinden wollte.

Ein schwerer Tropfen fiel vom Himmel und zerplatzte auf meinem Handrücken.

»Mist, es fängt an zu regnen«, kommentierte ich das Offensichtliche.

»Dann lass uns mal lieber gehen.« Johannes schien aus einer anderen, einer inneren Welt zurückzukehren.

Er ließ mir den Vortritt und ich kletterte eilig die wackelige Leiter hinunter. Da brach bereits der Regen los. Im Stakkato klatschten die Tropfen auf meinen Kopf und meine nackten Arme.

»Unter den Bäumen wird es besser«, versprach Johannes, griff überraschend nach meiner Hand und zog mich hinter sich her.

Obwohl wir nur wenige Schritte bis zum Waldrand

zurücklegen mussten, waren wir beide durchnässt, als wir den Schutz der Bäume erreichten.

»Wir nehmen am besten den kürzesten Weg.«

Wieder lief Johannes vor mir her, wieder versuchte ich, Schritt zu halten. Erst hörte ich den Regen nur. Unablässig prasselte er auf die Kronen der Bäume, die uns noch mit ihrem Blätterdach schützten. Doch nach einer Weile fanden die Tropfen ihren Weg, rannen durch die Zweige und klatschten auf uns herab. Es war so finster, dass ich den Waldboden unter meinen Füßen kaum erkennen konnte. Plötzlich wurde der Wald für Sekundenbruchteile in ein diffuses, grelles Licht getaucht. Fast unmittelbar folgte der Donner. Das Gewitter musste genau über uns sein.

»Lass uns lieber etwas suchen, wo wir uns unterstellen können«, rief Johannes im Laufen.

»Sicher«, grummelte ich. Als ob das mitten im Wald so leicht wäre! Aber Johannes gab erneut zielsicher die Richtung vor. Und schon nach kurzer Zeit entdeckte ich vor uns zwischen den Bäumen Mauerwerk. Ein Haus? Ich kniff die Augen zu Schlitzen zusammen. Doch aus meinen Haaren lief Wasser über mein Gesicht und verhinderte, dass ich mehr erkennen konnte.

Wir rutschten einen schlammigen Hügel hinunter, dann standen wir direkt vor dem Gebäude. Beziehungsweise vor dem, was davon übrig war. Vor langer Zeit musste es sich um ein mindestens zweigeschossiges Haus gehandelt haben, doch ein Feuer schien es fast vollständig zerstört zu haben. Stehen geblieben waren nur die steinernen Mauern und Wände, die rußgeschwärzt und von dornigem Gestrüpp überwuchert wie Gerippe zwischen den Bäumen in die Höhe ragten. Der Gedanke an die Flammen, denen das Haus zum Opfer gefallen war, jagte mir einen Schauer über den Rücken. Augenblicklich fühlte ich mich an meinen Albtraum erinnert.

Wieder griff Johannes nach meiner Hand und zog mich zu den Mauern. Ich folgte nur widerstrebend. Als wir durch eine Öffnung kletterten, die einst die Eingangstür gewesen sein mochte, erkannte ich Johannes' Ziel. Ein guter Teil der Zimmerdecke war an einer Seite erhalten geblieben und bildete eine Art Dach, unter dem der Boden trocken aussah. Auch wenn ich der Statik des Ganzen misstraute, rutschte ich zu Johannes in die Ecke, denn der Regen trommelte ungehemmt weiter vom Himmel, und noch immer zuckten Blitze, grollte der Donner.

»War das auch ein Blitzeinschlag?«, fragte ich bemüht heiter und machte eine Geste in das heruntergebrannte Haus. Dann schlang ich meine Arme um den Oberkörper, denn es war merklich abgekühlt und seit wir hier saßen, hatte ich, durchnässt wie ich war, angefangen vor Kälte zu zittern.

»Ich weiß es nicht. Niemand weiß es.« Seine Formulierung ließ mich aufhorchen.

»Was meinst du damit?«

»Es gab Gerüchte, gibt sie bis heute. Aber das ist alles Aberglaube«, erklärte Johannes abfällig.

»Was denn?« Jetzt war ich neugierig geworden.

»Kennst du die Legende von der Waldhexe?«, fuhr Johannes zögernd fort.

Ich nickte.

»Damals hat sie sich zwei Opfer geholt, sagt man.«

Wow!

»Was soll das heißen?«

Wieder legte Johannes seinen Finger an die Schläfe. Schien zu überlegen. Dann gab er sich einen Ruck.

»Es war beim Sommerfest vor genau dreißig Jahren«, erzählte Johannes leise. »So wie es heute noch Brauch ist, zog eine Gruppe von Jugendlichen in den Wald, um der Hexe ihr Opfer zu bringen. Zwei von ihnen, ein Junge und ein Mädchen, kamen nicht zurück.«

Ich hielt die Luft an, hörte das Rauschen des Regens nicht mehr, nur noch Johannes' Stimme, als er fortfuhr.

»Du weißt vielleicht, dass es heißt, wenn der Waldhexe das Opfer der Jugendlichen nicht genügt, dann holt sie sich einen von ihnen. Und das, sagen die Leute, sei damals passiert. Natürlich haben sie nach den beiden gesucht. Gefunden haben sie nur das hier.« Johannes deutete auf die Ruine. »Niemand hatte den Brand bemerkt, niemand hatte eine Erklärung dafür. Aber in den Trümmern fanden sie eine Leiche. Sie war fast bis zur Unkenntlichkeit verbrannt. Anhand der Zähne hat man wohl festgestellt, dass es sich um das vermisste Mädchen handelte. Von dem Jungen hingegen fehlte jede Spur.«

Mit offenem Mund starrte ich Johannes an. Das war ja mal eine heftige Geschichte! Niemals hätte ich gedacht, dass in diesem verschlafenen Kaff so spannende Sachen passierten. Ich blickte mich um, sah die zerstörten Mauern plötzlich mit anderen Augen und wieder jagte mir ein Schauer über den Rücken.

»Der Regen hat aufgehört«, sagte Johannes plötzlich.

Tatsächlich. Ich hatte so gebannt seiner Erzählung gelauscht, dass es mir gar nicht aufgefallen war.

»Dann lass uns mal gehen, damit du was Trockenes anziehen kannst, bevor du erfrierst«, meinte er beinahe fürsorglich.

Ich nickte und folgte ihm aus der Ruine zurück in den Wald. Doch während wir uns immer weiter von den heruntergebrannten Mauern entfernten, wurde ich das Gefühl nicht los, dass sich mir ein stechender Blick in den Rücken bohrte.

Kapitel 5

Und dann, am nächsten Tag, war Aristoteles verschwunden.

Bereits beim Frühstück wunderte ich mich über seine Abwesenheit. Aber ich versuchte, mir keine Gedanken darüber zu machen. Irgendwann in der Nacht hatte sich der Kater sicher auf einen seiner Streifzüge begeben, wie auch in den Nächten davor. Dass er nicht sofort angelaufen kam, um sich seine morgendliche Portion Futter abzuholen, musste nichts bedeuten. Vielleicht hatte er da draußen im Wald etwas Interessanteres gefunden.

»Hast du Aristoteles heute schon gesehen?«, fragte ich Paul, während ich mir eine Scheibe Toast mit Marmelade bestrich.

»Hm«, machte er, ohne von seinem Buch aufzublicken.

Ich biss in den Toast, kaute langsam, trank von meinem Milchkaffee, schluckte.

»Sag mal«, fing ich zögernd an. »Weißt du etwas über diesen Brand vor dreißig Jahren?« Die Geschichte, die Johannes mir am Tag zuvor erzählt hatte, ließ mich seither nicht mehr richtig los. Obwohl die Ereignisse bereits so lange zurücklagen, hatte ich gestern in der Ruine das bedrückende Gefühl gehabt, dass sie noch immer von Bedeutung waren.

»Hm«, antwortete Paul. Wenn er in ein Buch versunken war, ließ er sich durch nichts stören.

Noch einmal biss ich von meinem Toast ab. Das Brot schmeckte wie Pappe.

»Ich muss heute für ein paar Stunden nach Dillingen ins Archiv«, tauchte Paul plötzlich aus seiner Lesestarre auf. »Hast du Lust mitzukommen?«

Dillingen. Das war die Kreisstadt. Zwanzig Kilometer entfernt, wie Johannes mir gestern erklärt hatte. Normalerweise hätte ich sofort »Ja« geschrien. Immerhin bestand die Möglichkeit, dass es in einer Stadt – auch wenn es sicher keine Metropole war – ein Internetcafé gab. Aber etwas hielt mich davon ab. Meine innere Unruhe, die ich darauf schob, dass Aristoteles immer noch nicht aufgetaucht war, obwohl wir schon seit mindestens zehn Minuten am Frühstückstisch saßen.

»Lass mal«, erwiderte ich deshalb. »Ich mach mir heute einen gemütlichen Tag.«

Paul musterte mich mit diesem besorgten Blick, als wäre ich krank. Deshalb suchte ich schnell nach ein paar beruhigenden Worten.

»Ich setze mich mit einem Buch auf die Terrasse und genieße einfach mal die Ruhe.« Jeder andere Vater einer fünfzehnjährigen Tochter wäre nach diesem Satz vermutlich endgültig besorgt gewesen. Aber für Paul war Lesen als Freizeitbeschäftigung so selbstverständlich, dass er meine Entscheidung nicht hinterfragte.

»In Ordnung. Ich bin am Nachmittag zurück.« Er schob sein Buch zur Seite und stellte seinen Teller in dic Spülc.

»Viel Spaß«, rief er mir kurz darauf aus dem Flur zu, dann hörte ich die Haustüre ins Schloss fallen.

Ich wartete, bis der Motor unseres Volvos brummte, dann nahm ich die Schale mit Katzenfutter vom Boden und trug sie auf die Veranda vor dem Haus. Dort stellte ich sie auf die dunklen Holzbohlen und schnalzte ein paarmal mit der Zunge, um den Kater anzulocken. Nichts. Mit zusammengekniffenen Augen suchte ich den Waldrand nach seiner kleinen schwarzen Gestalt ab. Nichts.

Er wird schon auftauchen, versuchte ich mich zu beruhigen. Aristoteles ließ eigentlich keine Mahlzeit aus. Doch meine Sorge wuchs und nur mühsam kämpfte ich sie nieder. Was, wenn er sich verlaufen hatte und den Weg nicht mehr fand, so wie ich selbst am Tag zuvor? Quatsch, beruhigte ich mich. Katzen verliefen sich nie! Ich holte mir zwei Kissen und eine dunkelgrüne Wolldecke vom Sofa und machte es mir damit auf der alten Holzbank bequem, die an der Hauswand neben der Eingangstür stand. Hier würde ich auf den Streuner warten.

Es war kurz nach neun und die Sonne stand bereits über den Baumkronen. Nach der Abkühlung, die das Gewitter gebracht hatte, würde es wieder ein heißer Tag werden. Die Sonnenstrahlen sogen die Feuchtigkeit aus dem Boden und feiner Dunst waberte empor, bevor er sich auflöste und verschwand. Ich starrte noch immer auf den Waldrand und in meinem Kopf formten sich schreckliche Bilder von Aristoteles, der von einem wilden Eber angefallen worden war und verletzt im Wald lag. Oder hatte er sich in einer Falle verfangen, aus der er sich nicht mehr befreien konnte? So viel zum Thema Selbstberuhigung.

Nach kurzer Zeit hielt ich das Warten nicht mehr aus. Fest entschlossen stapfte ich auf den Waldrand zu, nur um ratlos stehen zu bleiben, als ich die ersten Bäume erreichte. Wo sollte ich suchen? Wohin mochte der Kater gelaufen sein? Ich blickte nach links und nach rechts. Wie ferngesteuert schlug ich dann den schmalen Weg ein, über den Johannes mich gestern zurückgebracht hatte.

Im Wald herrschte diffuses Licht, die Strahlen der Sonne fielen durchs Blätterdach und verteilten sich in dem wabernden Dunst am Boden. Außer den Umrissen der Bäume konnte ich kaum etwas erkennen. Wie sollte ich hier den Kater finden? Immer wieder rief ich seinen Namen, während ich vorwärtseilte und mich hektisch suchend umblickte. Und plötzlich war es wieder da: das eindeutige und beängstigende Gefühl, beobachtet zu werden. Dieser verfluchte Wald spielte mir einen unheimlichen Streich!

Je weiter ich in den Wald hineinlief, desto stärker wurde das Gefühl. Kurz bevor ich die Ruine erreichte, in der ich mich mit Johannes untergestellt hatte, wurde es beinahe erdrückend. Dreh um, dachte ich. Geh nicht weiter! Aber ich konnte nicht. Ich musste erst Aristoteles finden!

Und dann hörte ich es. Erst war da nur ein Rascheln. Kurz und leise, sodass ich es keiner Richtung zuordnen konnte. Ich ging in die Hocke, blickte mich wieder um. Ein jämmerliches Fiepen erklang, gefolgt von einem kläglichen Miauen. Mein Magen zog sich zusammen.

»Aristoteles!« Ich rannte beinahe auf das Gestrüpp zu, aus dem ich seine Stimme gehört hatte, fiel auf die Knie und drückte meine Wange auf den Waldboden, um nach dem Kater Ausschau zu halten. Wieder miaute er, fast klang es wie ein Weinen. Da entdeckte ich ihn. Seinen schwarzen Körper fest an den Boden gepresst, kauerte er unter Ästen und Blättern.

»Komm«, lockte ich mit sanfter Stimme, rieb meinen Daumen gegen den Zeigefinger und schnalzte leise dazu. Und tatsächlich kam Bewegung in den Kater. Mühsam, wie es schien, richtete er sich auf, wollte zu mir, brach aber mit einem einzelnen Schrei sogleich wieder zusammen.

Mein Magen verkrampfte sich noch mehr. Was war mit dem Tier? Flach auf dem Bauch liegend schob ich mich unter den Busch, bis ich das seidige Fell mit meiner ausgestreckten Hand berühren konnte. Beruhigend kraulte ich Aristoteles zwischen den Ohren, dann griff ich beherzt zu und zog ihn am Nacken aus seinem Versteck. Wieder schrie der Kater. Dann lag er vor mir auf der nackten Erde und ich kämpfte mit der Galle in meinem Hals, um mich nicht zu übergeben.

Da war Blut. Viel Blut. Bräunlich verklebte es das seidige schwarze Fell. Und eine feuchte Blutspur verlief vom bebenden Körper des Katers bis ins Gebüsch. Fortwährend quoll frisches rotes Blut aus einer klaffenden Wunde am linken hinteren Bein, das in einem schrägen Winkel vom Gelenk abstand.

»Mein armer, armer Kleiner«, flüsterte ich und versuchte, ruhig zu klingen. »Komm, ich will dir helfen.«

So behutsam wie möglich schob ich meinen Arm unter den zitternden Katzenleib und hob ihn hoch. Ich drückte ihn gegen meine Brust und trug ihn wie ein Baby. Ich rannte und stolperte, rannte, stolperte. Schnell zurück zum Haus. Schnell zu einem Tierarzt. Schnell.

Durch meinen Kopf rasten die Bilder. Von Aristoteles, dem winzigen Katerchen, das ich auf der Straße aufgelesen hatte. Schwer verletzt. Voller Blut. Auch damals schon voller Blut. Damals konnte ich ihn noch in einer Hand tragen. Damals war ich nach Hause gerannt, zu Paul, und er hatte uns zum Tierarzt gefahren. Damals war alles gut geworden! Jetzt würde auch alles gut werden. Musste alles gut werden.

Erst als ich den leeren Schotterplatz vor dem Holzhaus erreichte, fiel mir wieder ein, dass Paul mit dem Volvo weggefahren war. Mist! Mist! Mist! Was sollte ich jetzt bloß tun? Wie sollte ich Aristoteles zum Arzt bringen?

Schwer lag der Kater inzwischen in meinem Arm, rührte sich nicht. Maunzte nicht mehr. Aus seinem einen Auge blickte er fast flehend zu mir hoch. Hilf mir!

Ich trug ihn zur Veranda, wickelte ihn in die grüne Wolldecke, und drückte den Stoff fest auf die Wunde am Hinterbein. Das stoppte den Blutstrom. Vorsichtig wie ein zerbrechliches Paket nahm ich Aristoteles wieder auf den Arm und lief los. Den Schotterweg entlang Richtung Hauptstraße. Lief und lief und lief.

Als ich die Straße endlich erreichte, brannte mein Körper, stachen tausend Nadeln in meine Lunge, spürte ich meine Arme und Beine kaum noch. Bitte, bitte, lass ein Auto vorbeikommen, das mich mitnimmt, dachte ich. Doch es kam kein Auto und ich lief ohne zu denken, den Kater in der Decke an mich gepresst, die Straße immer weiter, bis ich Bixdorf erreichte.

Wohin? Dachte ich. Wohin soll ich jetzt gehen? Wer kann mir helfen?

Der Einzige, der mir einfiel, war Johannes. Er war der Einzige, den ich in diesem Ort wenigstens ein bisschen kannte. Der Einzige, dem ich ein bisschen vertraute.

Deshalb trieb ich mich voran zum Marktplatz und fand mich schließlich, nass geschwitzt und atemlos, vor dem Haus mit dem Erker.

Es gab keine Klingel, nur einen protzigen, goldenen Löwenkopf mit einem Türklopfer. Mit dem Kater in meinen Armen hatte ich keine Hand frei, also trat ich mit der Spitze meines Turnschuhs kräftig gegen die Tür.

Es dauerte einen Moment, dann wurde sie aufgerissen und im Rahmen stand ein Mann, der diesen vollständig ausfüllte. Alles an ihm war dick, der Bauch, über dem das karierte Hemd beinahe zum Zerreißen spannte, die Arme, die Hände, der kahle Kopf mit dem dreifachen Doppelkinn, sogar die Nase war dick und geädert.

»Ja, bitte?«, fragte der Mann, der garantiert Ortsvorsteher Sauer war.

»Johannes«, stieß ich hervor. »Ich will zu Johannes.« Mir war klar, dass ich schrecklich unhöflich klang, aber in diesem Moment war es mir egal. Ich wollte nur, dass der Mann wegging und Johannes kam und mir half. Dass ich auch den Ortsvorsteher nach dem Weg zum Tierarzt hätte fragen können, fiel mir gar nicht ein, so fixiert war ich auf den Gedanken, Johannes um Hilfe zu bitten.

»Und du bist?«, fragte Herr Sauer, es klang mindestens ebenso unhöflich und er musterte mich skeptisch. Sicher gab ich ein schreckliches Bild ab, verschwitzt und blutverschmiert. Keine Ahnung, was Johannes' Vater von mir dachte.

»Ich bin Greta«, antwortete ich und wippte ungeduldig von einem Fuß auf den anderen. »Und ich möchte bitte zu Johannes«, fügte ich möglichst freundlich hinzu.

»Ah, die Tochter von Professor Jakobi.« Ein breites Lächeln verzog das runde Gesicht, doch es erreichte die Schweinchenaugen nicht, die zwar so braun waren wie die von Johannes, ansonsten aber keinerlei Ähnlichkeit aufwiesen. »Na, wenn das so ist ...« Er drehte sich um, ging zurück ins Haus und brüllte: »Johannes, Besuch.«

Es polterte auf der Treppe und endlich erschien Johannes, blickte mich verwirrt an, die Überraschung wich dem Erstaunen und wechselte blitzschnell zu Besorgnis.

»Greta, was ist denn los?«

»Ich ... es geht um Aristoteles«, stotterte ich und spürte Tränen in meiner Kehle. Kräftig schluckte ich sie hinunter. »Er ist verletzt.« Ich schlug die blutige Decke ein Stück zurück, worauf der Kater sofort zu fiepen begann.

»Moment«, sagte Johannes und verschwand im Haus. Nach wenigen Sekunden war er wieder da, hatte sich Schuhe angezogen und warf die Tür hinter sich zu. »Komm.«

»Das kriegen wir schon wieder hin.« Mit diesen Worten schob Thomas Peters, der Tierarzt, mich aus der Praxistür. Er war etwa im Alter meines Vaters und strahlte eine beruhigende Gelassenheit aus. »Geht mal rüber in die Küche, die Gitta macht euch einen Eistee, da könnt ihr warten, bis ich das wieder gerichtet hab.«

Nur ungern ließ ich Aristoteles allein auf dem sterilen Operationstisch zurück. Doch Herr Peters hatte dem Kater eine Beruhigungsspritze gegeben und dieser war erschöpft eingeschlafen. Ich konnte jetzt nichts mehr für ihn tun. Nur warten.

Johannes fasste mich sanft am Ellbogen und schob mich über den Flur in eine Bauernküche wie aus dem Bilderbuch. Helle Holzmöbel, karierte Kissen und Vorhänge, eine Kuckucksuhr an der Wand. Gitta Peters, die Frau des Tierarztes, stellte einen Krug mit Eistee und zwei Gläser auf den Tisch, dann erklärte sie uns, sie müsse jetzt ihrem Mann assistieren, und verschwand.

Stille breitete sich aus. Ich klammerte mich an meinem Glas fest und lauschte dem gleichmäßigen Ticken der Kuckucksuhr. Tick, tack, tick, tack.

»Was ist passiert?«, brach Johannes schließlich das Schweigen. Und erst da fiel mir auf, dass er bisher gar nicht gefragt hatte.

»Ich weiß es nicht«, antwortete ich. »Ich hab ihn gefunden. Im Wald.« Die Geschichte kam Stück für Stück aus mir heraus. Zwischen den Worten saß die Sorge um Aristoteles. Das Gefühl, dass ich es nicht ertragen könnte, wenn er nicht wieder gesund würde.

»Meinst du, Aristoteles muss sterben?«, fragte ich Johannes und konnte die Tränen nicht mehr unterdrücken.

»Aber nein.« Johannes schüttelte den Kopf, stand auf und holte mir ein Stück Küchenkrepp von der Anrichte. »Du hast doch gehört, was der Peters sagt. Der kriegt das wieder hin.«

Johannes betrachtete mich, während ich mir die Tränen mit dem Küchenkrepp von den Wangen wischte, und seine Augen sahen aus, als würde er etwas begreifen. »Hast du Angst vor dem Tod?«, fragte er unvermittelt.

Ich schluckte, doch neue Tränen schossen aus meinen Augen, bevor ich sie daran hindern konnte.

»Meine Mutter ist gestorben. Da war ich acht.« Ich erstaunte mich selbst damit, dass ich Johannes davon erzählte. Was ging es ihn an?

»Und du vermisst sie?«, fragte er behutsam weiter. Auch diese Frage überraschte mich, denn normalerweise wurden die Leute stumm wie Fische, wenn sie vom Tod meiner Mutter erfuhren. Oder sie sagten irgendetwas, das trösten sollte, aber nur mitleidig klang.

Ich nickte und wischte weiter mit dem durchweichten Küchenkrepp über mein Gesicht. Johannes brachte mir ein neues.

»Das kann ich verstehen«, sagte er mehr zur Luft als zu mir. Trotzdem fühlte es sich so an, als konnte er das wirklich.

Der Kuckuck sprang aus seiner Uhr und lärmte zwölf Mal. Johannes und ich fuhren beide aus unseren Gedanken gerissen hoch.

»Erzähl mir was über dich«, bat ich, als Johannes sich wieder an den Tisch setzte. Irgendwie mussten wir die furchtbare Wartezeit ja herumbringen. Außerdem wollte ich, seitdem wir zusammen im Wald gewesen waren, unbedingt mehr über ihn erfahren.

»Da gibt es nicht viel zu erzählen«, wiegelte Johannes jedoch ab. Mit dem Zeigefinger strich er sich gedankenverloren über die feine Narbe an seinem Auge. Gerade eben hatte er noch so nah gewirkt, jetzt schien er sich mit einem Mal vor mir zu verschließen.

»Ach, komm«, bohrte ich. »Irgendwas wird es doch geben. Irgendwas gibt es immer.«

»Dann erzähl du doch«, konterte Johannes, und ich war mir nicht sicher, ob er nur von sich ablenken wollte, oder ob es ihn tatsächlich interessierte.

Nun verstand ich, warum er gezögert hatte. Was sollte ich von mir erzählen. Was *wollte* ich ihm erzählen? Aber jetzt konnte ich schlecht zurückrudern. Irgendwas gibt es immer. Drei Komma eins, vier, eins, fünf, neun, zwei ... Durch meinen Kopf tanzten die Zahlen. Also sagte ich das Erste, was mir dazu einfiel.

»Nie, o Gott, o guter, verliehst Du meinem Hirne die Kraft, mächtige Zahlreih'n dauernd verkettet bis in die späteste Zeit getreu zu merken; drum hab' ich Ludolfen mir zu Lettern umgeprägt.«

Oh, nein! Das hatte ich nicht wirklich gesagt! Johannes musste mich für einen absoluten Freak halten, so wie alle anderen. Aber er grinste nur schwach.

»Die ersten dreißig Nachkommastellen von Pi.«

»Du kennst den Merksatz?«, fragte ich verblüfft.

»Den mussten wir mal für eine Mathearbeit auswendig lernen. Ich hätte ihn jetzt nicht mehr auf die Reihe gekriegt, aber vergessen kann man den wohl kaum.«

Ich erwiderte das Grinsen, meins wirkte vermutlich ein bisschen schief, aber es war das Beste, das ich in dieser Situation zustandebringen konnte. Dass ich die Zahlen auch ohne den Merksatz im Kopf hatte, verriet ich lieber nicht.

»Theo Lingen kocht fantastisch starke Ochsenschwanzsuppe aus toten Mäusen«, sagte Johannes plötzlich.

Jetzt lachte ich. »Was soll das denn heißen?«

»Das sind die Arterien, die von der Halsschlagader abgehen. Ein beliebter Merksatz bei Medizinstudenten. Ich fand ihn witzig.«

»Du willst Medizin studieren?«, schloss ich, froh, dass Johannes mir etwas über sich verraten hatte.

»Hm. An einer Uni weit weg von Bixdorf. Am liebsten im Ausland«, ließ er mich noch ein wenig tiefer in seine Gedanken blicken.

Ich war fasziniert, dass Johannes schon so konkrete Pläne für die Zukunft hatte. Ich selbst wusste überhaupt noch nicht, was ich nach dem Abi anfangen würde, auch wenn sich ein Mathestudium geradezu aufdrängte. Gleichzeitig merkte ich zu meinem eigenen Erstaunen, wie es mich betrübte, dass er plante, weit weg zu gehen.

»Operation gelungen. Der Patient schläft noch, befindet sich aber auf dem Wege der Besserung.« Thomas Peters betrat die Küche, immer noch mit seinem weißen Kittel bekleidet, auf dem ich Blutspritzer zu erkennen glaubte.

Ich sprang so eilig auf, dass der massive Küchenstuhl kippte und mit einem Krachen zu Boden fiel.

»Kann ich jetzt zu Aristoteles?«

»Klar, komm mit.« Tierarzt Peters richtete den Stuhl wieder auf, führte mich in die Praxis und zeigte auf einen kleinen Käfig. Aristoteles wirkte wie ein schlaffes Fellbündel, doch als ich ängstlich näher trat, sah ich, wie sich die kleine Brust hob und senkte. Sein linkes Hinterbein war in einen weißen Verband gewickelt und für die Operation hatte der Tierarzt ihm das Fell vom Hinterleib rasiert. Ungeschützt lag die nackte Haut bloß.

»Kannst du mir sagen, wie das passiert ist?«, fragte Peters.

»Keine Ahnung, wirklich«, erklärte ich, ohne aufzuschauen. Ich ging neben dem Käfig in die Knie und streckte meine Finger durch die Gitter, um den schlafenden Kater zu kraulen.

»Es ist nur so: Ich habe eine nicht gerade geringe Anzahl von Schrotkugeln aus seinem Hinterleib gepult ...«

Schrotkugeln? Ungläubig blickte ich nun doch zum Tierarzt hoch. Jemand hatte auf den Kater geschossen? Auf Aristoteles?

»Aber ... wer ...?«, stotterte ich.

Peters zuckte mit den Schultern und auch in Johannes' Blick sah ich Ratlosigkeit. Wer war so grausam, mit einem Schrotgewehr auf einen Kater zu schießen? Oder war es ein Unfall gewesen? Wohl kaum! Plötzlich hatte ich das Gefühl, das alles nicht mehr auszuhalten. Ich wollte nur noch nach Hause (in mein richtiges Zuhause!) und mich in meinem Bett verkriechen.

»Kann ich Aristoteles mitnehmen?«, fragte ich.

»Lass ihn lieber noch zur Beobachtung hier, bis er sich von der Operation ein wenig erholt hat. Komm morgen wieder, dann ist er wahrscheinlich über den Berg.«

Unwillig löste ich mich von dem Fellbündel in seinem Käfig und wandte mich zur Tür.

»Danke«, sagte ich zu Tierarzt Peters. »Mein Vater wird die Rechnung dann bezahlen.«

Unschlüssig standen Johannes und ich anschließend vor der Praxis des Tierarztes herum. Wir waren uns innerhalb einer Stunde so nah und so fern gewesen, dass dazwischen eine Welt zu liegen schien. Jetzt gab es nichts mehr zu sagen, das nicht banal geklungen hätte.

»Ich wollte dich etwas fragen ...«, brach Johannes das Schweigen, als es gerade sehr unangenehm zu werden begann. »Wegen morgen. Aber das ist jetzt vielleicht unpassend.« Wieder rieb er sich mit dem Finger über die Schläfe. Was war denn auf einmal mit dem sonst so selbstbewusst wirkenden Johannes passiert? Auffordernd schaute ich ihn an.

»Frag ruhig.«

»Na ja, morgen zum Sommerfest ... kommst du?«

Ich musste lächeln, obwohl mir gar nicht danach zumute war.

»Du fragst mich, ob ich morgen zum Sommerfest komme? Warum?«

»Weil ... ach, vergiss es einfach wieder. War blöd von mir.«

»Nein, war es nicht. Ich freue mich, dass du fragst.« Und das tat ich wirklich. Obwohl mir nicht der Sinn nach Feiern stand. Im Allgemeinen nicht. Und gerade heute schon mal gar nicht. Aber Johannes hatte mich gefragt. Außerdem würde mein Vater ohnehin darauf bestehen, dass ich mir den Höhepunkt unseres Aufenthalts hier nicht entgehen ließ.

»Ja, ich komme«, versprach ich deshalb.

Und da lächelte auch Johannes wieder.

Kapitel 6

Man hörte das Fest schon von Weitem. Blasmusik und lautes Lachen schallten uns entgegen, als wir uns dem Marktplatz näherten. Das sonst so blasse Bixdorf hatte sich herausgeputzt. Fahnen steckten in Halterungen an den Hauswänden, kleinere flatterten in langen, bunten Girlanden von einer Straßenlaterne zur nächsten.

Mir war eigentlich immer noch nicht nach Feiern zumute, in Gedanken war ich bei Aristoteles. Am Nachmittag hatte ich den Kater aus der Tierarztpraxis abgeholt und es schien ihm tatsächlich schon viel besser zu gehen. Zwar störte ihn das bandagierte Bein in seiner Bewegungsfreiheit und der rasierte Hinterleib sah mitleiderregend aus, aber wenigstens wirkte der Kater mittlerweile eher beleidigt als todgeweiht.

Ob ich Aristoteles allein lassen könnte, hatte ich Thomas Peters gefragt, hoffend, dass er verneinen würde. Aber der Tierarzt hatte genickt, mir zugezwinkert und »viel Spaß beim Sommerfest« gewünscht. Nun lag Aristoteles auf einem der hässlichen grünen Sofakissen, ein Fressnapf und ein Wassernapf standen in erreichbarer Nähe und direkt daneben als provisorisches Katzenklo eine Plastikkiste, die ich mit Sand gefüllt hatte.

Sicher hätte ich Paul umstimmen können, wenn ich ihm erklärt hätte, unbedingt bei meinem kranken Kater wachen zu müssen. Doch neben der Sorge und meiner allgemeinen Abneigung gegen Festivitäten aller Art gab es noch etwas in mir. Und dieses Etwas ließ mich meine schwarze Röhrenjeans und ein etwas tiefer ausgeschnittenes schwarzes Shirt anziehen, meine Wimpern tuschen und sogar ein wenig Rouge auf die Wangen auftragen. Dieses Etwas, stellte ich fest, war die Vorfreude darauf, Johannes wiederzusehen.

Als wir den Festplatz erreichten, bereute ich meinen Entschluss dennoch sofort und wäre am liebsten wieder umgekehrt. Das Sommerfest entpuppte sich als die Art von Veranstaltung, die ich in der Regel tunlichst mied. Außer dem großen, weißen Festzelt, aus dem nun ohrenbetäubend die Blasmusik dröhnte, gab es zwei Getränkestände, um die sich Bier trinkend das halbe Dorf versammelt hatte. Daneben waren eine Schießbude und ein Süßwarenwagen aufgebaut, aus dem es widerlich nach Kräuterbonbons roch. Mein Vater verabschiedete sich und wünschte mir viel Spaß, dann stand ich ganz allein und überlegte, ob ich den Rückweg zum Hexenhaus antreten sollte. Dass ich ihn zu Fuß bewältigen konnte, wusste ich ja inzwischen, auch wenn die Aussicht auf den Marsch mich nicht reizte.

»Da bist du ja.« Wie aus dem Nichts tauchte Johannes auf. Ich hatte so hypnotisiert auf den Festplatz gestarrt, dass ich nicht bemerkt hatte, wie er sich von hinten näherte.

»Ich hätte dich da im Getümmel vermutet.« Ich nickte in Richtung der Bierstände, wo ich inzwischen auch Lars, Laura und den Rest der Clique entdeckt hatte. Die Mädchen hatten sich aufgebrezelt, trugen mehr Haut als Sommerkleider und bunt angemalte Gesichter. Zwei der Jungs steckten in albernen Uniformen, Freiwillige Feuerwehr, vermutete ich. Nur Laura sah aus wie bei unserem ersten Zusammentreffen: Flatterkleid und Bänder in den Zöpfen. Auch Johannes hatte sich gekleidet wie immer, mit seiner dunkelblauen Jeans und einem langärmeligen Shirt.

»Ich bin kein Großer Tümmler«, erwiderte er und ich lachte leise über sein Wortspiel. Vor einiger Zeit hatten wir in Bio über diese Delfine gesprochen, die in engen Sozialverbänden zusammenlebten.

»Nein, ich auch nicht.«

»Wie geht es Aristoteles?«, erkundigte Johannes sich.

»Besser.«

»Das ist gut.« Er nickte ernsthaft. »Und, magst du was trinken?«

»Okay.«

Mit einer Handbewegung bedeutete Johannes mir, ihm zu folgen und wir drängten uns durch die Feiernden. Fast jeder, an dem wir vorbeikamen, begrüßte ihn – den Sohn des Ortsvorstehers – und er nickte allen zu, auf seine selbstbewusste, aber auch distanzierte Art. Dann glitt ihr Blick zu mir weiter und sie kniffen fast unmerklich die Augen zusammen und musterten mich. Ob es daran lag, dass ich fremd für sie war? Oder daran, dass ich mit Johannes zusammen war? Es fühlte sich jedenfalls nicht gut an und ich wünschte mir mal wieder meinen Kapuzenpulli herbei, den ich mir über den Kopf und weit ins Gesicht hätte ziehen können. Warum hatte ich stattdessen bloß dieses Shirt mit dem albernen Ausschnitt angezogen?

Lars, Laura und die anderen begrüßten hingegen nicht nur Johannes, sondern auch mich fröhlich überdreht.

»Knusper, knusper, knäuschen«, rief Lars mir zu und fand sich selbst sehr witzig. Offensichtlich hatte er schon reichlich Bier getrunken. Er lief los, um für alle Nachschub zu holen, und als er zurückkam, baumelte ein Lebkuchenherz um seinen Hals. Er verteilte die Biergläser, dann kam er zu mir und hängte mir das Herz um. »Für immer« stand in rosaroter Zuckerschrift darauf.

»Ich hab dir Lebkuchen versprochen, Gretel, und Lebkuchen sollst du haben«, erklärte Lars und lachte schon wieder lauthals.

»Äh, danke«, sagte ich und überlegte, wie ich das Herz möglichst unauffällig wieder loswurde. Aber das ging wohl kaum, ohne dass Lars es bemerken würde.

Ich holte mir eine Cola, denn Bier mochte ich nicht, und während ich auf dem gestreiften Strohhalm herumkaute, lauschte ich den Gesprächen, die sich um Lieblingsserien, Dorfklatsch, Computerspiele und Urlaubspläne für die Sommerferien drehten. Um alles Mögliche, nur nicht um das, was heute Abend geschehen würde. Hatten sie schon so ausgiebig über ihr anstehendes Abenteuer im Wald gesprochen, dass alles gesagt war?

Auch wenn ich die Legende nach wie vor für Aberglauben hielt, so hatten meine Erlebnisse im Wald doch dazu geführt, dass dieser mir Furcht einflößte. Oder zumindest ein gewisses Unbehagen. Spürten die anderen das auch? Oder hatten sie keine Angst, im Dunkeln in den Wald zu ziehen? Hatte Johannes keine Angst? Ich hätte es gern gewusst.

Ich versuchte, meine Gedanken zu klären. Die Quadratwurzel aus 488 312 ... Ich rechnete, hielt mich an den Zahlen fest, die meinen Kopf ausfüllten und keinen Platz für etwas anderes ließen. 698,7932 ...

»Wovon träumst du?«, fragte Johannes leise, als ich gerade bei der vierten Nachkommastelle angelangt war. Ich schreckte zusammen.

»Zahlen«, antwortete ich ertappt und etwas zu laut.

»Wie romantisch!« Laura hatte mich gehört und lachte, aber es klang gutmütig.

»Kinder, wir sind zum Feiern hier, nicht zum Rechnen!«, brüllte nun auch Lars. »Und deshalb gehen wir jetzt tanzen!« Die Mädchen jubelten, die Jungs stöhnten, doch Lars schenkte dem keine Beachtung. Wie ein Feldherr marschierte er voran zum Festzelt und die Clique folgte ihm.

Im Inneren war es noch voller, die Luft schien zu stehen vom Bierdunst und dem Geruch der schwitzenden Körper. Lars drängte sich durch die Bierbänke, die anderen bildeten eine Polonaise, indem sie sich die Hände auf die Schultern und an die Hüften legten, um einander nicht zu verlieren. Wie albern!, dachte ich. Da griff Johannes nach meiner Hand, um mich hinter sich herzuziehen, und plötzlich konnte ich dem Gedränge doch etwas abgewinnen.

An der Rückwand des Zeltes hatte sich die Blaskapelle der Freiwilligen Feuerwehr aufgebaut – ich hatte recht gehabt mit den Uniformen – und spielte irgendetwas, das wie eine Mischung aus Square Dance und Marschmusik klang. Ganz vorn, den Taktstock schwingend, gab Ortsvorsteher Sauer den Rhythmus vor, die Uniformjacke spannte so sehr über seinem Bauch, dass ich Angst um die glänzenden Knöpfe hatte.

Lars hakte sich bei Tina und Jenny unter und sprang in wilden Kreisen über die Tanzfläche. Die anderen hielten sich am Rand, wippten hin und her und klatschten. Hoffentlich erwartete niemand von mir, dass ich ebenfalls anfing zu tanzen! Johannes lehnte sich zu mir und sagte etwas, aber ich verstand kein Wort. Er beugte sich noch näher, so nah, dass ich glaubte, den Duft seiner Haut riechen zu können, und brüllte mir ins Ohr.

»Ich bin übrigens kein großer Tänzer!«

»Ich auch nicht«, brüllte ich zurück.

Mein Blick glitt über die Leute, die sich an den langen Biertischen eng an eng quetschten. Ganz vorn entdeckte ich die alte Frau Bayer zusammen mit ein paar anderen Damen, die garantiert alle die achtzig schon überschritten hatten. Ich nickte ihr grüßend zu, doch sie schien mich nicht zu bemerken. Auch einige Leute in meinem Alter hockten in Grüppchen zusammen, es gab also noch mehr Jugendliche in Bixdorf, oder sie kamen aus einem Nachbarort.

Ein paar Tische weiter saß Pfarrer Grau und wirkte mit seinem feinen schwarzen Anzug und einem kleinen Glas Bier vor sich etwas fehl am Platz. Auch die Frau neben ihm in dem geblümten Sommerkleid mit dem zu tiefen Dekolleté kam mir bekannt vor. Richtig, das war die neugierige Verkäuferin aus dem Tante-Emma-Laden. Sie lehnte sich so weit zu Pfarrer Grau hinüber, dass dieser nur mit Mühe vermeiden konnte, in ihren Ausschnitt zu schauen, und redete ohne Unterlass lautstark auf ihn ein. Der Pfarrer nickte und nickte, kam aber selbst kaum zu Wort.

Meine Augen wanderten suchend weiter. Irgendwo musste doch auch Paul stecken! Ich entdeckte ihn ganz am Ende einer Tischreihe direkt neben der Zeltwand.

Zunächst dachte ich, er wäre auf seine Aufzeichnungen konzentriert, denn in der einen Hand schwenkte er einen Kugelschreiber und in der anderen hielt er einen kleinen Notizblock. Doch dann bemerkte ich, dass er sich in einem angeregten Gespräch befand und nur mit der Stifthand fuchtelte, um seine Worte zu unterstreichen. Sein Gegenüber war eine Frau mit dunkelbraunem, schulterlangem Haar und einem sehr schmalen, blassen Gesicht mit auffallend großen Augen. Sie war schön, anders konnte man es nicht ausdrücken, schön wie eine Marmorskulptur. Doch obwohl sie Paul interessiert zuzuhören schien, wirkte sie zugleich irgendwie abwesend, ja beinahe traurig. Aber vielleicht täuschte ich mich auch – aus der Entfernung konnte ich ihre Miene nicht so genau erkennen.

Die Kapelle begann lautstark ein neues Stück. Rum... tata, Rum...tata... Dreivierteltakt. Sofort begannen die ersten Bankreihen zu schunkeln. Auch die Zuschauer an der Tanzfläche packte das rhythmische Hin und Her. Leider bewegte es sich links und rechts von uns in entgegengesetzte Richtungen und Johannes und ich wurden gegeneinandergeschoben.

»Ich glaube, es ist Zeit zu gehen!«, brüllte Johannes mir ins Ohr.

Ich nickte nur. Wieder nahm er meine Hand und zog mich hinter sich her zum Ausgang des Festzelts. Draußen atmete ich tief durch und rechnete fest damit, dass Johannes meine Hand loslassen würde. Doch er behielt sie in seiner und wir gingen um das Zelt herum, bis wir auf der Rückseite zu der Parkbank gelangten, wo ich die ganze Clique zum ersten Mal getroffen hatte. Auch hier war die Musik laut, aber gerade als wir uns auf die Bank setzten, machte die Kapelle eine Pause und wurde von »Dorf-DJ Dirk« abgelöst, wie sich der Mann an der Anlage selbst vorstellte. Dirk spielte Schlager. »Ein Stern, der deinen Namen trägt« wummerte aus den Boxen. Johannes und ich sahen uns gequält an und grinsten dann gleichzeitig, weil wir unser Entsetzen im Gesicht des anderen gespiegelt sahen.

»Was hörst du für Musik?«, fragte Johannes. Er rutschte ganz nah an mich heran, damit ich seine Worte verstand. Sein Bein berührte meins und das lenkte mich ein bisschen von der Frage ab.

»Dies und das.« Ich hörte eigentlich kaum Musik. »Und du?«

»Laute«, antwortete er. »Aber anders laut als das.« Er ruckte mit dem Kopf zum Festzelt.

»Ja, das grenzt an Körperverletzung, oder?«

Johannes lächelte wieder über die Bemerkung, aber es war kein fröhliches Lächeln.

Einen Stern, der deinen Namen trägt, hoch am Himmelszelt, den schenk ich dir heut Nacht ... DJ Dirk hatte den Lautstärkeregler noch ein Stück weiter hochgeschoben. *Einen Stern, der deinen Namen trägt, alle Zeiten überlebt und über unsre Liebe wacht.*

»Ich hätte dir das lieber selbst gekauft.« Johannes'

Mund war direkt an meinem Ohr, damit ich ihn trotz der wummernden Bässe verstehen konnte. Er hob das Lebkuchenherz an, drehte es hin und her und ließ es wieder auf meinen Bauch fallen. Auf meinen Bauch, in dem es mit einem Mal rumorte, als hätte ich viel zu viele Lebkuchenherzen gegessen.

»Mein Name hört sich vielleicht so an ... aber ich lasse mich trotzdem nicht mit Lebkuchen ködern«, erwiderte ich möglichst unbeteiligt.

»Schade. Mit irgendetwas müssen wir dich aber noch herausfüttern, bevor wir dich in den Ofen stecken«, ging Johannes auf meinen Scherz ein. Er nahm meine Hand und strich sanft über meine Finger, die sofort zu kribbeln begannen.

»Spinner!« Ich zog meine Hand weg, damit Johannes nicht bemerkte, dass sie zitterte, und rempelte mit meiner Schulter gegen seinen Oberarm. Obwohl ich ihn nur ganz leicht angestupst hatte, zuckte Johannes zusammen, als hätte er Schmerzen, und rückte ein Stück von mir weg. Mist!

»Was ... entschuldige ... habe ich dir wehgetan?«

»Nein, vergiss es, schon gut.« Er rieb mit der Hand fest über den Arm und lächelte gequält. »Ich hab da nur einen blauen Fleck. Vom Boxtraining.«

»Oh. Okay.« Ein blauer Fleck vom Boxen. Das klang plausibel. Oder nicht? Ich wusste gar nicht, dass Johannes boxte. Aber was wusste ich schon über ihn? Die Fragen wirbelten chaotisch durch meinen Kopf. *Drei*

Komma ... Nein. Da halfen auch keine Zahlen, Zahlen konnten die Fragen nicht anhalten.

Er gehört zu mir, wie mein Name an der Tür ... DJ Dirk hatte die alte Schnulze in der Techno-Beat-Version aufgelegt. *Ist es wahre Liebe ... uuuhhhuuuhhuuu ... die nie mehr vergeht ... uhuuuhuu ... oder wird die Liebe, vom Winde verweht?*

Johannes schüttelte sich, als würde der Discoschlager ihm Kopfschmerzen verursachen. Oder wollte er eine Erinnerung abschütteln? Doch dann drehte er sich wieder zu mir und schaute mich mit seinen dunklen Augen direkt an. Und die Gedanken in meinem Kopf standen ganz still, als hätte sein Blick sie eingefroren.

Steht es in den Sternen ... uuuhhhuuuhhuuu ... was die Zukunft bringt ... uhuuuhuu ... oder muss ich lernen, dass alles zerrinnt?

»Was ich eigentlich sagen wollte ...«, begann er. Aber dann sagte er es nicht, sondern küsste mich einfach.

Er drückte seinen Mund auf meinen. Seine Lippen fühlten sich weich an. Sein Atem roch ein bisschen nach Bier. Aber seine Haut duftete wie der Wald nach dem Regen. Unsere Nasen stießen aneinander und Johannes lachte leise. Dann war der Kuss schon wieder vorbei. Und in meinem Kopf war gar nichts mehr, keine Gedanken, keine Fragen und keine Zahlen.

Kapitel 7

Hier seid ihr ja!«, hörte ich eine Stimme, die von ganz weit her zu kommen schien. Im nächsten Augenblick hatte Lars sich vor unserer Bank aufgebaut und betrachtete uns mit einem anzüglichen Grinsen.

»Keine Zeit mehr zum Rumknutschen. Es geht gleich los«, sagte er und klang erstaunlich nüchtern. Erst jetzt fiel mir auf, dass das Wummern der Musik verstummt war. Eine Vielzahl von Stimmen mischte sich in aufgeregten Gesprächen. Hier und da wurde gelacht, doch ich meinte auch eine Anspannung zu spüren, die sich wie eine Kuppel unter dem dämmrigen Himmel über den gesamten Festplatz zu spannen schien.

»Wir kommen«, erwiderte Johannes, griff wieder nach meiner Hand und zog mich von der Bank hoch.

Ich wäre am liebsten sitzen geblieben, mit Johannes, oder auch ohne ihn. Nur mit mir und diesem Kuss, der meinen Kopf so leer gemacht hatte, dass er als Einziges noch darin wohnte. Aber Johannes hielt meine Hand fest und an seiner Seite kehrte ich zurück zum Platz vor dem Festzelt.

Flammen schlugen uns entgegen, als wir dort ankamen. Feuer! Wie in meinem Traum, dachte ich und erschauerte. Aber es war nur ein großer Scheiterhaufen, den die Mitglieder der Freiwilligen Feuerwehr entzündet hatten und dessen Abbrennen sie genau überwachten. In einem weiten Kreis hatten sich die Dorfbewohner um das Feuer versammelt. Der rote Schein zuckte über ihre gespannten Gesichter. Es war still geworden und das Krachen der Scheite wirkte unnatürlich laut.

»Ich muss jetzt gehen«, raunte Johannes mir zu und drückte meine Hand, bevor er sie losließ. Abrupt wandte er sich ab, als koste es ihn Kraft.

»Warte«, rief ich halblaut. Er kam zurück und ich streifte das rote Band des Lebkuchenherzens über meinen Kopf, um es ihm umzuhängen. »Statt Brotkrumen. Damit du etwas hast, um eine Spur zu legen, falls du dich im Wald verirrst«, erklärte ich halb im Spaß, halb im Ernst und hoffte, dass er verstand, was ich ihm sagen wollte und nicht konnte.

Da küsste er mich, noch viel kürzer als eben, aber auch viel heftiger.

»Bis morgen«, flüsterte er so leise, dass ich nicht sicher war, ob ich ihn richtig verstanden hatte.

Er verschwand in der Menge. Wenig später stieg er auf eine behelfsmäßige Bretterbühne auf der anderen Seite des Feuers, wo schon Lars, Laura und die anderen warteten. Ihre Mienen wirkten ernst, fast ängstlich, aber vielleicht waren es nur die zuckenden Flammen auf ihren Gesichtern, die diesen Eindruck erweckten.

»Wir haben uns versammelt, wie in jedem Jahr, um das zu tun, was wir tun müssen«, vernahm ich eine laute Stimme, die das Krachen der Scheite mühelos übertönte. Als ich mich nach dem Sprecher umsah, erblickte ich wenig überraschend Ortsvorsteher Sauer. Er hatte einen schwarzen Umhang über seine Uniform gezogen, was ihm das Aussehen einer übergewichtigen Vogelscheuche verlieh. Während er sprach, holten jedoch auch viele der Umstehenden solche Umhänge hervor und legten sie um die Schultern. Das veränderte das Bild augenblicklich: Die bunt gemischte Dorfgemeinschaft schien sich in eine schwarze Masse zu verwandeln. Auch die sieben Jugendlichen auf der Bühne nahmen Umhänge vom Boden hoch – ihre waren rot wie das Feuer – und legten sie sich um. Wieder spürte ich meinen Körper erschauern.

»Glücklich und zufrieden lebten einst die Menschen von Bixdorf«, fing der Ortsvorsteher an zu erzählen. »Doch begab es sich, dass in einem Jahr schreckliche Unwetter die Saat vernichteten und die Menschen im Winter nicht genug zu essen hatten. Und im Jahr darauf war es das Gleiche. Da hungerten die Menschen von Bixdorf und ihre Kinder wurden krank.«

Schon beim ersten Satz hatte ich die Legende erkannt, die ich vor einigen Tagen auf Pauls Laptop gelesen hatte. Paul, wo steckte er eigentlich? Ich ließ meinen Blick über die schwarze Menge gleiten und entdeckte meinen Vater direkt neben der Bühne, er hielt einen kleinen Block in der Hand, auf den er eilig Zeichen kritzelte.

»Da trat aus dem Wald ein wundersames Wesen aufs Feld. Das trug einen weiten, schwarzen Umhang und verbarg sein Gesicht darunter.« Niemals hätte ich dem fetten Ortsvorsteher eine solche Erzählstimme zugetraut. Doch irgendwie gelang es ihm, dass das Wesen aus seinen Worten zu erwachen schien. Im schwarzen Umhang stand es plötzlich zwischen uns, und um mich herum schienen die Leute die Schultern ein wenig einzuziehen.

»Sie formten eine Puppe aus Stroh und schmückten sie mit reichen Gaben und diejenigen aus dem Dorf, die gerade siebzehn Jahre zählten, trugen sie in den Wald. So geblendet war die Hexe von ihrer Jugend und den reichen Gaben, dass sie die List erst bemerkte, als die jungen Menschen ins Dorf heimgekehrt waren.«

Ich überlegte, ob ich versuchen sollte, durch die Menge zu meinem Vater zu gelangen. Aber als ich ihn mit den Augen suchte, war er verschwunden. Ich sah nur noch die sieben Jugendlichen auf der Bühne. Still standen sie da, die Blicke starr ins Feuer gerichtet, und lauschten den Worten der alten Legende.

»Doch noch immer bringen die Bixdorfer ihr Opfer,

wenn der Sommer Einzug hält, denn noch immer leben sie in der Angst, eines Tages könnte die Hexe ihre Drohung wahr machen«, schloss Ortsvorsteher Sauer. Mit einer großen Geste wandte er sich den jungen Leuten auf der Holzbühne zu.

»Wer kann die Hexe überlisten?«, rief er ihnen zu.

Und wie in einem einstudierten Chor antworteten alle sieben: »Wir allein.«

»Und für wen müsst ihr es tun?«, rief Sauer.

»Für uns alle!«, antworteten sie.

»Seid ihr bereit?«

»Ja.«

»Dann danken wir euch!«

Auf dieses Stichwort erhob sich ein vielstimmiges Summen, das anschwoll und sich mit dem Krachen des Feuers zu einem uralten Gesang vermischte, der klang wie ein Kirchenlied und doch ganz anders. Ich schlang meine Arme um meinen Oberkörper, denn trotz der Hitze, die der Scheiterhaufen verströmte, breitete sich eine Gänsehaut auf meinem Körper aus.

Die Jugendlichen auf der Bühne hoben nun etwas vom Boden auf und hielten es gemeinsam über ihren Köpfen in die Luft. Eine Strohpuppe, geschmückt mit bunten Bändern. Gleichzeitig lösten sich einige schwarz ummantelte Gestalten aus der Menge und betraten die Bühne, wo jeder von ihnen einen mit Gaben gefüllten Korb abstellte.

»Lasst uns nun gehen«, rief Ortsvorsteher Sauer und

übertönte mit seiner Stimme sogar den Gesang. Die Jugendlichen zogen sich die Kapuzen ihrer Umhänge über die Köpfe, nahmen die Körbe und stiegen, Lars als Erster, Johannes als Letzter, von der Bretterbühne. Langsam drehten sie eine Runde um das Feuer, das noch immer seine gelben und orangefarbenen Funken in den mittlerweile fast schwarzen Himmel spuckte. Alle sieben zogen Fackeln aus ihren Körben und entzündeten sie an den Flammen. Im selben Moment, in dem die Fackeln brannten, verstummte der Gesang.

Die Menge teilte sich vor den Fackelträgern, sie gingen hindurch und verließen den Festplatz in Richtung des nahen Waldrands. Hinter ihnen schloss sich der Kreis wieder und mit einem gewissen Abstand folgten die schwarzen Gestalten den Jugendlichen in ihren roten Kutten. Stumm. Wie Schatten.

Ich sah mich wieder nach Paul um, konnte ihn aber immer noch nicht entdecken. Müde setzte ich mich auf die verlassenen Bretter der Bühne und stützte meinen Kopf in die Hände. Ich wollte nach Hause. Ich wollte den anderen nicht folgen. Wollte nicht sehen, wie Johannes im Wald verschwand.

Es ist nur ein Spiel, ermahnte ich mich. Nur eine Legende. Nur Aberglaube. Aber es fühlte sich nicht an, als ob es so einfach wäre.

Kapitel 8

Wieder träumte ich vom Feuer. Doch dieses Mal hatten sie den Scheiterhaufen direkt vor unserem Hexenhaus errichtet. Bedrohlich schlugen die Flammen in den Himmel, gefräßig reckten sie sich nach den Holzbalken, züngelten an ihnen empor, bis sie mein Fenster erreichten. Das Glas splitterte, das Feuer bahnte sich seinen Weg an den Wänden entlang und über den Boden, bis seine heißen Arme qualvoll langsam mein Bett erreichten. Stocksteif lag ich darin, unfähig mich zu bewegen, unfähig mich zu retten, spürte die Hitze auf meiner Haut, sah die Gier der Flammen ...

Ich erwachte von einem Schrei.

Orientierungslos tastete ich nach dem Lichtschalter, starrte gegen die Zimmerdecke, richtete mich auf, schwitzend und zitternd zugleich. Gereizt blinzelte Aristoteles mich vom Fußende des Bettes an.

Der Schrei. Er hatte mich geweckt. Aber wer hatte geschrien? War ich es wieder selbst gewesen, panisch in meinem eigenen Traum? Ich fasste mir an den Mund, als könnte ich auf meinen Lippen spüren, ob sie sich eben noch zu einem Hilferuf geöffnet hatten, fasste an meinen Hals, um nach dem Schmerz zu tasten. Aber da war kein Schmerz. Kein Schrei.

Woher war er dann gekommen? Etwa aus dem Wald? Aber wer sollte mitten in der Nacht im Wald so laut schreien, dass ich es bis in mein Zimmer hören konnte?

Johannes!

Johannes war im Wald mit den anderen. Sie waren in den Wald gegangen, um der Hexe ihre Gaben zu bringen, damit sie sich keinen von ihnen holte ... Was, wenn die Hexe sich dieses Mal nicht hatte überlisten lassen? Was, wenn ihr die Gaben nicht genügten?

Greta, hör auf zu spinnen! Meine innere Stimme der Vernunft ergriff das Wort. *Beruhig dich. Leg dich wieder hin. Es gibt keine Hexe. Sie existiert nur in der Legende. Du hast schlecht geträumt. Schlaf weiter.* Ich löschte das Licht, schloss meine Augen.

Ich multiplizierte die ersten beiden Zahlen, die mir in den Sinn kamen. 73 mal 151 ergibt ... 11023. Dann fing ich an, von diesem Ergebnis immer 73 abzuziehen. 10950 ... 10877 ... 10804 ... Aber ich konnte mich einfach nicht konzentrieren. Subtraktionsketten waren normalerweise meine bombensichere Variante des umgekehrten Schäfchenzählens. Doch der Schlaf schien in unerreichbare Ferne gerückt, während die Dunkelheit von draußen in mein Zimmer kroch.

Als ich es um sieben Uhr morgens schließlich nicht mehr im Bett aushielt und mich auf den Weg in die Küche machte, hatte ich den Eindruck, über Nacht müsste mich eine Dampfwalze überrollt haben, so zerschlagen fühlte ich mich.

»Hat dich heute Nacht eine Dampfwalze überrollt?«, begrüßte mich mein Vater, der aus unerklärlichen Gründen bereits am Küchentisch saß und topfit aussah.

Statt einer Antwort fauchte ich wie Aristoteles an einem seiner schlechten Tage. Mein Vater schien das für einen Beitrag zum Gespräch zu halten.

»Wie geht es dem Kater?«, fragte er.

Ich zuckte nur mit den Schultern und ließ mich auf meinen Stuhl fallen. Soweit ich das beurteilen konnte, ging es Aristoteles schon viel besser. Zumindest hatte er garantiert besser geschlafen als ich und er schlief immer noch tief und fest, als ich aus dem Bett gekrabbelt war.

»Und, wie hat es dir gestern Abend gefallen?«, startete Paul einen neuen Versuch, mit mir ins Gespräch zu kommen. Was war bloß mit meinem Vater los? Hatte er nichts mehr zu lesen? Immerhin goss er einen großen Becher voll Kaffee und Milch und schob ihn zu mir herüber. Dabei betrachtete er mich so interessiert, als hätte meine Meinung zu diesem Sommerfest irgendeine Bedeutung.

»Ich ... weiß nicht«, erwiderte ich. Und das traf die Sache eigentlich auf den Punkt. Ich hatte noch nie etwas so Schönes erlebt wie gestern Abend – den Kuss, oder besser gesagt die beiden Küsse! Aber davon würde ich Paul ganz bestimmt nicht erzählen. Und ich hatte noch nie etwas so Unheimliches erlebt. Diese Zeremonie am Feuer war beängstigend gewesen. Auch wenn mir das jetzt am Frühstückstisch und bei Tageslicht unlogisch erschien. Es war doch wirklich nur eine Legende, erzählt von einem fetten Ortsvorsteher! Warum hatte mich das Ganze in eine solche Unruhe versetzt, dass ich schlecht geträumt und kaum geschlafen hatte und auch jetzt noch so kribbelig war, dass ich den Kaffeebecher nicht ruhig halten konnte? Ich musste unbedingt herausfinden, ob ich diesen Schrei nachts ebenfalls nur geträumt – oder ob tatsächlich jemand im Wald geschrien hatte. Und wenn ja, wer!

»Fährst du heute wieder nach Bixdorf?«, fragte ich Paul und hoffte, dass meine Stimme neutral klang. Trotzdem schaute er mich leicht verwundert an.

»Ja, gleich nach dem Frühstück. Ich muss immer noch einige Interviews führen.«

Gut!

»Kann ich mitfahren?«

»Sicher.« Nun war Pauls Miene endgültig erstaunt.

»Ich ...« Eilig suchte ich nach einer unverfänglichen Erklärung und redete ein bisschen zu schnell. »Ich will nur mal schauen, ob die anderen gut aus dem Wald zurückgekommen sind. Ich hab sie vor ein paar Tagen kennengelernt und wir haben uns unterhalten und jetzt bin ich natürlich gespannt, was sie erlebt haben.« Das war zumindest nah dran an der Wahrheit.

»Schön, es freut mich, dass du neue Kontakte knüpfst.« Klar, es musste Paul gefallen zu glauben, dass ich mich mit den Jugendlichen aus dem Dorf angefreundet hatte. Immerhin ging es ihm bei unserem Aufenthalt hier ja unter anderem darum, mich von meinem Computer fernzuhalten. Dass ich endlich ein paar neue Freunde in der Realität zu haben schien, reichte ihm vermutlich als Beweis, dass seine Strategie aufgegangen war. Dass ich mich genaugenommen nur mit Johannes angefreundet hatte – wobei *angefreundet* wohl auch nicht das richtige Wort war – musste ich Paul ja nicht unbedingt erklären.

Die Getränkestände waren verlassen und die beiden Buden verrammelt, als ich am frühen Vormittag auf den Dorfplatz kam. An das große Feuer erinnerte nur noch ein Ascheberg auf dem Kopfsteinpflaster. Im Festzelt hatten aber bereits einige Freiwillige mit dem Aufräumen begonnen. Ich hörte ihre Stimmen und das Klirren von Gläsern. Dann ertönten die Kirchenglocken, um das Ende der Sonntagsmesse einzuläuten und innerhalb weniger Minuten war der Platz wieder bevölkert. Zwei junge Männer kamen aus dem Zelt, nahmen ihre Arbeit am Getränkestand auf und die Dörfler strömten zum Frühschoppen.

Wie ein Fremdkörper fühlte ich mich zwischen all den Leuten, die herausgeputzt in ihren Feiertagskleidern fröhlich schwatzend zusammenstanden. Waren das dieselben Menschen, die sich am Abend zuvor in schwarzen Mänteln um den Scheiterhaufen geschart und gemeinsam gesungen hatten? Plötzlich erschien mir das Erlebte noch unwirklicher, noch entrückter.

Jemand rief etwas und wie auf ein Kommando drehten sich alle Köpfe in eine Richtung. Da kamen sie. Ihre roten Umhänge hatten sie ausgezogen, trugen sie über den Armen, an denen die leeren Körbe hingen, und ihre Gesichter sahen müde aus, aber auch stolz. Lars ging vorneweg und als er die erwartungsvollen Blicke der Umstehenden bemerkte, hob er seine Zeige- und Mittelfinger zum Siegerzeichen. Unwillkürlich musste ich grinsen. Doch sofort wanderte mein Blick weiter zum Rest der Truppe – und mein Herz schien einen Schlag lang auszusetzen.

Sie waren nur zu sechst!

Ich entdeckte Laura in ihrem Flatterkleid, Tina und Jenny, deren Wimperntusche zu schwarzen Ringen verlaufen war, die beiden Jungs mit zerknitterten Uniformjacken. Johannes sah ich nicht!

Mein Herz schlug wieder, nein, es hämmerte in meiner Brust. Meine Füße setzten sich wie von selbst in Bewegung und ich schob und schubste mich an den Umstehenden vorbei, bis ich Laura erreichte, die mich fröhlich anlächelte.

»Guten Morgen!«

»Wo ist Johannes?«, fragte ich, ohne ihre Begrüßung zu erwidern.

»Hm, gute Frage.« Laura schien nicht im Mindesten beunruhigt. »Als wir heute Morgen aus dem Koma erwachten, war er schon weg.«

»Koma?« Ich hatte keine Ahnung, was sie damit meinte.

»Na ja, wir haben wohl alle ein bisschen zu viel getrunken«, räumte Laura ein und lächelte noch etwas breiter. »Irgendjemand muss sich ja um die Gaben für die Waldhexe kümmern, bevor die da draußen im Wald schlecht werden.«

Jetzt verstand ich: Die Jugendlichen feierten also eine Party mit den Sachen, die sie in den Körben mitgenommen hatten. Gut, aber was hatte das mit Johannes zu tun?

»Johannes ist kein Freund von Saufgelagen«, fuhr Laura mit ihrer Erklärung fort, als hätte ich meine Frage laut gestellt. »Er hat nicht so viel getrunken wie wir und heute Morgen war er dann schon verschwunden. Ich schätze, er ist nach Hause gegangen, um sich auszuschlafen. Oder er treibt sich irgendwo im Wald rum. Wundern würde es mich nicht.«

Lauras Erklärung klang logisch. Sie kannte Johannes ja auch besser als ich. Trotzdem wurde das ungute Gefühl, das mich begleitet hatte, seit ich aus meinem Albtraum geschreckt war, noch ein bisschen stärker.

»Laura, kommst du?« Lars stand zusammen mit dem Rest der Clique am Getränkestand und hatte schon die nächste Runde Bier geordert. Laura verdrehte die Augen.

»Ich hätte jetzt lieber einen Kamillentee!« Sie legte mir die Hand auf den Oberarm und strich tröstend darüber. Hatte Lars ihr von dem Kuss erzählt? Oder hatte sogar Johannes über mich gesprochen? Was hatte er gesagt? Nahm sie an, ich hätte Liebeskummer?

»Wenn du magst, komm doch nachher vorbei, dann trinken wir einen Tee und quatschen ein bisschen«, bot Laura an. Sie drehte sich um und fügte noch schnell hinzu: »Wir wohnen in dem blauen Haus an der Hauptstraße. Ist nicht zu verfehlen!«

Wieder stand ich allein zwischen all den Menschen und wusste nicht, wohin ich mich wenden sollte. Hatte Laura recht? War Johannes nach Hause gegangen und schlief noch tief und fest? Oder wanderte er durch den Wald, um einen klaren Kopf zu kriegen? Oder ... Nein, eine andere Möglichkeit konnte es nicht geben!

Aber der Schrei hallte in meinem Kopf nach und das ungute Gefühl presste mir den Magen zusammen, bis mir beinahe der Milchkaffee hochkam. Ich konnte nur noch an eines denken: Ich musste herausfinden, wo Johannes war!

Bevor mich der Mut verließ, steuerte ich über den Marktplatz auf das Haus mit dem Erker zu.

Ich klopfte und wartete. Nichts tat sich. Waren Johannes' Eltern beim Frühschoppen? Ich wandte den Kopf, konnte aber aus der Entfernung niemanden an dem Getränkestand erkennen. Ich klopfte noch einmal. Wartete. Gerade als ich aufgeben wollte, wurde die Tür einen Spaltbreit geöffnet. Im Schatten dahinter meinte ich das Gesicht einer Frau zu erkennen.

»Ja?«, fragte sie leise.

»Hallo, ich bin Greta Jakobi«, sagte ich möglichst höflich. »Ich möchte gern zu Johannes. Ist er da?«

Die Tür wurde ein Stück weiter aufgezogen und erstaunt erkannte ich das Marmorgesicht der Frau, mit der ich Paul im Festzelt beobachtet hatte. Das war Johannes' Mutter?

»Johannes ist noch nicht zurück«, antwortete sie ebenso leise wie zuvor. »Soll ich ihm etwas ausrichten?«

»Nein ... ich ...«, stotterte ich.

»Alles in Ordnung?«, fragte Frau Sauer, vermutlich war ich grün im Gesicht, zumindest fühlte ich mich plötzlich ganz schlapp. Zu allem Überfluss stiegen mir nun auch noch Tränen in die Augen. *Mist, Greta, reiß dich zusammen!*

»Ja ... Nein ... Es ist nur so, dass Johannes nicht mit den anderen aus dem Wald gekommen ist. Und ich mache mir, ehrlich gesagt, Sorgen.« Ich konnte nicht verhindern, dass sich zwei Tränen aus meinen Augen stahlen und mir über die Wangen liefen. Unwirsch wischte ich sie mit dem Handrücken ab.

»Weißt du was, komm mal rein.« Frau Sauer klang

plötzlich energischer, obwohl sie noch immer sehr leise sprach. »Ich habe mir gerade eine Kanne Tee gemacht, trink eine Tasse, danach geht es dir besser.«

Ich lächelte schwach, Tee schien in Bixdorf als Allheilmittel gegen Kummer zu gelten. Johannes' Mutter zog die Tür auf, sodass ich hineingehen konnte, und ließ sie sofort wieder ins Schloss fallen. Durch den Schwung löste sich etwas aus dem Briefschlitz und segelte zu Boden: ein weißer Umschlag, auf dem mit schwarzer Schrift der Name *Martin Sauer* zu lesen war.

Frau Sauer hob ihn auf, runzelte leicht ihre ebenmäßige Stirn, legte ihn auf eine verschnörkelte Holzkommode im Flur und beschwerte ihn mit einer kleinen marmornen Engelsskulptur. Bevor ich mich genauer umsehen konnte, lotste sie mich weiter in die Küche.

Auch in dieser Küche dominierte der Landhausstil und alles wirkte penibel aufgeräumt und abgeschrubbt. Auf dem Massivholztisch lag ein kariertes Wachstuch und darauf stand neben einer Teekanne ein Becher, aus dem Dampf aufstieg. Frau Sauer holte einen zweiten Becher, schenkte Tee ein und bedeutete mir, mich auf die Eckbank zu setzen. Sie selbst nahm mir gegenüber auf einem Stuhl Platz, ganz vorn auf der Kante, als wolle sie gleich wieder aufstehen.

Ich nahm einen Schluck von dem Kräutertee und verbrannte mir die Zunge. Mist! Plötzlich ärgerte ich mich über mich selbst. Was tat ich hier? Johannes war nicht zu Hause. Wahrscheinlich lief er wirklich noch durch den Wald und ich machte mich ganz unnötig verrückt. Warum saß ich jetzt mit seiner Mutter herum und hatte keine Ahnung, was ich zu ihr sagen sollte?

Frau Sauer schien ebenso wenig zu wissen, worüber sie mit mir reden sollte. Warum hatte sie mich überhaupt hereingebeten? Stumm starrten wir in unsere Tassen.

»Ich glaube, ich muss wieder los«, sagte ich nach einer Weile unbeholfen. »Danke für den Tee.«

Johannes' Mutter blickte von ihrer Tasse auf und ich erschrak. Ihr Gesicht war tatsächlich schön, so wie ich es am Abend zuvor schon wahrgenommen hatte, auch wenn sie sich für meinen Geschmack viel zu stark schminkte. Doch ihre Züge wirkten mit einem Mal wie eine starre Maske und in ihren Augen sah ich etwas, das ich sofort erkannte, und doch nicht einordnen konnte. Angst.

In diesem Moment hörten wir die Haustür zuschlagen.

»Bin wieder da«, ertönte eine laute Stimme aus dem Flur. Aber es war nicht Johannes, sondern sein Vater, wie ich enttäuscht erkannte. »Wo steckst du, Sabine?«

»Hier«, rief Johannes' Mutter und ich wunderte mich, dass es möglich ist, leise zu rufen. Sie stand auf, strich sich ihren Rock glatt und setzte ein Lächeln auf. Es schien mir, als würde sie ihre Maske gerade rücken. »Wir haben Besuch.«

Martin Sauer kam in die Küche. Heute trug er ein

lodengrünes Sakko und auch das spannte über seinem Bauch. Sein Kopf war gerötet und er schien ein wenig außer Atem.

»Wer …?«, fragte er brummig, musterte mich und erkannte mich wieder. »Ach, du.«

»Guten Tag, Herr Sauer«, sagte ich artig und stand auf. Ich kam mir vor wie eine Erstklässlerin vor dem Direktor.

Der Ortsvorsteher lächelte mich an, aber auch sein Lächeln wirkte unecht, denn wieder erreichte es die Schweinsaugen nicht.

»Post am Sonntag?« Er wedelte mit dem Briefumschlag, den seine Frau auf der Kommode im Flur abgelegt hatte. Sabine Sauer zuckte nur mit den Schultern.

»Hat jemand durch den Türschlitz geschoben.«

Johannes' Vater riss den Umschlag auf, las, runzelte die Brauen und stopfte den Brief in seine Gesäßtasche.

»Und, was ist es?«, fragte seine Frau.

»Nicht wichtig«, entgegnete er schroff.

Unruhig wippte ich von einem Fuß auf den anderen. Ich hatte keine Erfahrung mit elterlichem Streit, aber diese Situation schien genau darauf hinauszulaufen. Und ich hatte keine Lust, in der Schusslinie zu stehen.

»Was willst du eigentlich?«, richtete Ortsvorsteher Sauer jetzt das Wort an mich. Es klang nicht gerade freundlich.

»Ich wollte mich nur erkundigen, ob Johannes schon zu Hause ist.« Ich flüsterte beinahe, in Martin Sauers

Gegenwart schien das die einzig angebrachte Lautstärke zu sein.

»Der Johannes ist nicht da.« Martin Sauers Kopf lief so rot an, dass ich Angst bekam, er würde gleich explodieren.

»Ja, das hat mir Ihre Frau schon gesagt, ich habe mich nur gewundert ...«

Er schien zu überlegen, etwas abzuwägen und unwillkürlich wanderte seine Hand zu seiner Gesäßtasche. Dann fuhr er sich damit über die gerötete Stirn.

»Den Jungen hab ich heute ganz früh zum Bahnhof gefahren«, erklärte er unwirsch. »Der macht doch einen Sommerkurs an der Universität. Hält sich für was Klügeres, der junge Herr.« Er brummte noch etwas Unverständliches.

Verwundert sah ich zu Sabine Sauer. Einen Sommerkurs? An irgendeiner Uni? Davon hatte Johannes mir gar nichts erzählt. Und seiner Mutter offenbar auch nicht. Zumindest schaute die ihren Mann mit einem ebenso verwunderten Blick an. Aber sie sagte nichts.

»So, und jetzt ist es Zeit zu gehen«, wandte der Ortsvorsteher sich an mich. Es klang so endgültig, dass ich mich nur mit einem Nicken verabschiedete und so schnell wie möglich das Haus verließ.

Kapitel 9

Unschlüssig stand ich vor der Tür. Die Gedanken purzelten wild durch meinen Kopf. Ich hasste es, wenn ich sie nicht in eine logische Ordnung zwingen konnte! Johannes war nicht zu Hause. Johannes war nicht im Wald. Johannes war zu irgendeinem Sommerkurs gefahren. Das war doch eine logische Erklärung. Warum konnte ich mich damit nicht zufriedengeben?

Aber warum hatte Johannes mir nichts von diesem Kurs erzählt? Warum hatte er seine Pläne mit keinem Wort erwähnt? Andererseits hatte er mir überhaupt nicht allzu viel von sich erzählt ...

War ich nicht wichtig genug für ihn, als dass er mich in sein Vorhaben eingeweiht hätte? Aber warum hatte er mich geküsst, wenn ich ihm nicht wichtig war? Oder hatte dieser Kuss, hatten diese beiden Küsse nichts zu bedeuten? War ich nur ein netter Zeitvertreib gewesen, bevor er abgereist war, um den Sommer anderswo zu verbringen?

So viele Fragen! Viel zu viele Fragen, auf die ich keine Antwort hatte!

Während ich noch grübelte, hatten sich meine Füße bereits in Bewegung gesetzt. Erst als ich auf der Hauptstraße ankam und Ausschau nach einem blauen Haus hielt, wurde mir bewusst, dass ich ein Ziel hatte.

Laura! Sie hatte mich eingeladen, einen Tee mit ihr zu trinken. Sie kannte Johannes, zumindest besser als ich. Vielleicht konnte sie mir ein paar meiner Fragen beantworten.

Das blaue Haus war wirklich nicht zu verfehlen. Zwischen all den grauen Fassaden stach es hervor wie ein Knallbonbon. Dass ich es bisher nicht bemerkt hatte, lag nur daran, dass es sich fast am Ende der Hauptstraße kurz vor dem Ortsausgang befand, so weit war ich vorher noch nicht gegangen.

Das alte Fachwerkhaus war liebevoll renoviert und auf den Flächen zwischen den dunklen Holzbänken mit himmelblauer Farbe angestrichen worden. Der Vorgarten wirkte gewollt verwildert, strahlend gelbe Sonnenblumen reckten ihre langen grünen Hälse über den Bretterzaun, an dichten Büschen blühten rote Rosen, lilafarbener Lavendel verbreitete einen südländischen Duft. Außerdem trug das Haus die Nummer 101 – die kleinste dreistellige Primzahl. Wenn das kein gutes Zeichen war!

Obwohl alles einen einladenden Eindruck machte, zögerte ich, die Klingel zu drücken. Was, wenn Laura schon wieder vergessen hatte, dass sie mich eingeladen hatte? Was, wenn die Einladung gar nicht ernst gemeint gewesen war?

Schluss jetzt mit den Zweifeln, Greta, rief ich mich selbst zur Ordnung. *Wenn du etwas herausfinden willst, dann geh da rein!* Ich klingelte.

Fast augenblicklich wurde die Tür aufgerissen und vor mir stand eine etwa dreißig Jahre ältere Ausgabe von Laura. Die Frau trug ebenfalls ein weites Sommerkleid, ihres hatte orangefarbene Ethnomuster, und ihre langen, lockigen Haare fielen bis über die Schultern.

»Hallo!«, begrüßte sie mich mit einem breiten Lächeln. »Du musst Greta sein, komm doch rein.«

Etwas verwirrt über die Begrüßung folgte ich der Aufforderung.

»Ich bin Lauras Mum. Sie hat mir schon erzählt, dass du uns besuchst. Schön, dass du da bist.«

Ich war noch immer so verdattert, dass ich kein Wort herausbekam.

»Laura ist oben.« Die Frau wies auf einen engen Treppenaufgang, dessen Wände so gelb leuchteten wie die Sonnenblumen und der mit dunklen Masken aus Holz dekoriert war.

»Laura, Schatz, dein Besuch ist da«, rief sie.

»Äh, danke«, murmelte ich.

Lauras Kopf erschien über dem Treppengeländer.

»Hi, Greta, komm rauf! Ich habe Tee gemacht.«

Tee, richtig, das Bixdorfer Wundermittel gegen alle Arten von Kummer und Katerstimmung. Mir wurde ein kleines bisschen leichter ums Herz, als ich die Treppenstufen hinaufstieg, das musste die allumfassende Freundlichkeit in diesem Haus sein. Sogar das Gebäude selbst kam mir freundlich vor.

»Willkommen in meinem Reich!« Laura schubste die Zimmertür mit einem nackten Fuß zu. »Gefällt es dir?«

Lauras Zimmer war unglaublich! Es war eigentlich kein Zimmer, sondern eine Wohnhöhle mit Dachschrägen bis zum Boden. Die Decke war selbst am höchsten Punkt so niedrig, dass ich sie mit dem ausgestreckten Arm hätte berühren können, und es maß maximal zwölf Quadratmeter. Mit durchsichtigen Vorhängen in Lila und Rot hatte Laura den Raum so dekoriert, dass er wie ein orientalisches Zelt wirkte. Auf dem Boden lag eine große Matratze, die übervoll mit bunten, bestickten Kissen war und von der Decke baumelten Traumfänger. Obwohl es ganz anders war, erinnerte es mich an mein Zimmer zu Hause. Ein Versteck, zu dem die Welt keinen Zugang hatte, wenn man sie nicht einlassen wollte.

»Es ist toll«, erklärte ich mit echter Begeisterung.

Laura strahlte. »Ja, mir gefällt es auch. Los, setz dich.« Sie dirigierte mich auf die Matratze und ließ sich neben mir im Schneidersitz nieder. Von einem niedrigen Mosaiktisch nahm sie eine bauchige Kanne und schenkte zwei Tassen voll mit süßlich duftendem Minztee.

»Sag mal, eckt ihr nicht ein bisschen an mit eurer Art hier in Bixdorf?« Die Frage war mir einfach herausgerutscht und im selben Moment wünschte ich mir, ich hätte sie nicht gestellt, denn sie erschien mir zu unhöflich. »Ich meine nur, weil doch alles so konservativ ist und ...«, versuchte ich zu erklären, merkte aber, dass ich es dadurch nur schlimmer machte.

Doch Laura schien mir meine Neugier nicht übel zu nehmen. Sie grinste.

»Schon. Meine Mum und ich sind ja gelinde gesagt ziemlich anders«, gab sie zu. »Aber wir leben schon immer hier. Das Haus haben meine Ururgroßeltern gebaut, irre, oder? Dann haben meine Urgroßeltern darin gewohnt, dann meine Großeltern und als die starben, hat meine Mum es eben geerbt. Und ich glaube, die Leute haben sich einfach damit abgefunden, dass wir nicht so ganz normal sind ...«

»Und dein Dad?« Oh nein, ich sollte meine Neugier wirklich im Zaum halten!

»Der hat sich nicht damit abgefunden«, erzählte Laura freimütig weiter. »Er lebt jetzt mit seiner normalen Frau und seinen drei normalen Kindern auf der anderen Seite des Dorfes in einem normalen Haus. Tja. Ich sehe ihn zwangsläufig oft, aber viel können wir nicht miteinander anfangen.«

So wie Laura das erzählte, klang es nicht, als wäre sie besonders traurig über die Situation. Ich bewunderte sie plötzlich dafür, wie zufrieden sie wirkte.

»Und wie normal seid ihr?«, nahm Laura das Gespräch wieder auf.

»Auch nicht besonders normal, fürchte ich. Aber anders anders«, versuchte ich zu erklären, wofür ich keine richtige Erklärung hatte. Wie sollte ich der selbstbewussten Laura mit ihrem großen Freundeskreis verständlich machen, dass ich mich am liebsten in meinem Kapuzenpulli versteckte und in der Schule als Streber galt?

»Oh, anders ist immer gut«, erwiderte sie fröhlich und nippte an ihrer Teetasse. »Der Johannes ist auch irgendwie anders«, fügte sie gedankenverloren hinzu und ich war ihr dankbar, dass sie das Thema angeschnitten hatte, sodass ich es nicht tun musste.

»Inwiefern?«, hakte ich nach.

»Hm ...« Laura trank noch einen Schluck. Ich zwang mich, ebenfalls meine Tasse zu nehmen und den Tee zu probieren, obwohl ich eigentlich viel zu hibbelig war. Die Minze schmeckte kräftig und war mit reichlich Zucker gesüßt. Augenblicklich wurde mir warm im Bauch, aber die Übelkeit, die mich noch immer quälte, konnte auch der Tee nicht vertreiben.

»Vor zwei Jahren war ich total in Johannes verknallt!«

Oh nein, dachte ich. Damit hatte ich nicht gerechnet.

»Bist du denn noch ...?«, fragte ich vorsichtig.

»Nein! Keine Sorge, das ist längst vorbei«, entgegnete Laura vehement. »Ich hab ziemlich schnell gemerkt, dass ich bei ihm eh keine Chance habe. Bisher hatte ich eigentlich den Eindruck, dass er sich für kein einziges Mädchen interessiert hat. Also, ernsthaft interessiert. Johannes ist ein guter Kumpel, das ist alles.«

»Okay.« Ich beschloss, ihr zu glauben. »Johannes hat also keine Freundin?« Der Gedanke war mir vorher gar nicht gekommen. Aber so abwegig war er eigentlich nicht.

»Nein, da bin ich mir ziemlich sicher.« Laura zwirbelte nachdenklich einen ihrer Zöpfe zwischen den Fingern. »Johannes ist ein ziemlicher Eigenbrötler. Ich meine, er macht schon bei allem mit und man kann auch viel Spaß mit ihm haben, aber in seinen Kopf lässt er niemanden gucken und in sein Herz schon gar nicht.«

So wie sie das sagte, klang Laura fast wie eine große Schwester. Auf jeden Fall nicht wie ein Mädchen, das unglücklich verliebt ist. Das fand ich sehr beruhigend.

»Hat er denn was über mich gesagt?«, wagte ich deshalb zu fragen.

Laura grinste wieder.

»Gesagt nicht direkt. Aber ich hab ja Augen im Kopf.«

Und was sollte das heißen? Ich schaute sie fragend an.

»Na ja, ich hab gesehen, wie er dich beim Feuer geküsst hat. Und dann dieses Herz, das du ihm geschenkt hast. Das hat er den ganzen Abend nicht abgelegt, obwohl Lars ihn ordentlich damit aufgezogen hat. Aber von Johannes prallen solche Sticheleien einfach ab.«

Ich spürte, wie mir das Blut in die Wangen schoss und

mein Gesicht zu glühen anfing. Ich hatte keinerlei Erfahrung damit, verliebt zu sein. Vor Johannes hatte ich mich noch nie für einen Jungen interessiert. Aber Laura schien sich besser mit dem Thema auszukennen – und wenn sie glaubte, dass Johannes mich mochte, dann war da vielleicht etwas Wahres dran ... Umso mehr verwunderte es mich, dass er mir so gar nichts von seinen Plänen für die Ferien verraten hatte.

»Hat er dir etwas über einen Sommerkurs erzählt, den er belegt hat?«, kam ich deshalb auf eine meiner vielen Fragen zurück.

»Sommerkurs?« Laura schaute mich nur neugierig an.

»Sein Vater hat mir gesagt, Johannes sei heute Morgen ganz früh zum Bahnhof gefahren, um einen Sommerkurs an irgendeiner Uni zu machen.«

»Du hast mit unserem Ortsvorsteher gesprochen?« Laura verzog das Gesicht, als hätte sie Schmerzen.

»Kannst du ihn nicht leiden?« Es hätte mich nicht gewundert, auch mein Eindruck von Johannes' Vater war nach dieser kurzen Begegnung nicht gerade der beste.

»Na ja, das ist vielleicht zu viel gesagt. Er ist ja einer der wichtigsten Männer in Bixdorf und alle halten was von ihm. Er tut auch einiges für unseren Ort, hat gute Kontakte zur Kreisverwaltung und wenn es Gelder zu vergeben gibt, ist er immer der Erste, der für Bixdorf eine schöne Summe einstreicht.«

»Aber?«, hakte ich nach. Lauras Worte klangen für mich eindeutig nach einem Aber.

»Aber ich bin mir nicht sicher, ob er zu seiner eigenen Familie genauso nett ist wie zu allen anderen Leuten.« Laura senkte die Stimme, als wollte sie mir ein Geheimnis anvertrauen. »Johannes hat mal so eine Bemerkung gemacht, dass dem Herrn Sauer gelegentlich die Hand ausrutscht. Und einmal, vor zwei Jahren, waren wir im Sommer im Schwimmbad und Johannes ist nicht mit ins Becken gegangen, obwohl er eigentlich ein super Sportlicher ist. Er saß die ganze Zeit am Rand und hat trotz der Hitze sein T-Shirt nicht ausgezogen.«

Lauras Augen verengten sich zu Schlitzen, als müsse sie konzentriert nachdenken. »Lars und die anderen Jungs haben Johannes dann mit seinen Klamotten ins Wasser geschubst und wollten ihm das T-Shirt über den Kopf ziehen. Da hat er sie angeschnauzt, dass sie ihn in Ruhe lassen sollen, und ist in seinen klatschnassen Sachen abgehauen. Ich hab mich ziemlich gewundert, aber als ich ihn später gefragt habe, was los war, hat er mir ganz ausweichend geantwortet.«

Ich schluckte kräftig. Was wollte Laura mir damit sagen? Sollte das heißen, dass Johannes' Vater seinen Sohn schlug? Johannes' langärmelige Shirts fielen mir ein, die er trotz der Sommertemperaturen immer getragen hatte. Wie er zusammengezuckt war, als ich ihn ganz leicht angestoßen hatte. Und auch an die Narbe an seinem Auge erinnerte ich mich plötzlich. Ob sein Vater daran schuld war? Ich atmete tief durch.

»Das ist heftig«, stieß ich hervor.

Laura nickte bloß mehrmals und nippte wieder an ihrem Tee.

»Johannes hat schon immer gesagt, dass er sobald wie möglich von zu Hause weg will«, fuhr Laura nach einer Weile fort. »Von daher ist die Sache mit dem Sommerkurs ganz plausibel. Andererseits verstehe ich nicht so richtig, warum er keinem von uns etwas darüber erzählt hat.«

»Nein, ich auch nicht«, bekräftigte ich. Ich war inzwischen so nervös, dass ich unbewusst angefangen hatte, an meinem Daumennagel zu kauen. Als es mir auffiel, legte ich die Hand schnell in meinen Schoß und verschränkte die Finger.

»Andererseits verrät Johannes wie gesagt niemandem besonders viel über sich. Und wenn sein Vater es gesagt hat ... Warum sollte der Quatsch erzählen?«, grübelte Laura.

Tja, dachte ich, das war wirklich eine gute Frage!

»Hast du denn schon versucht, ihn anzurufen?«, kam Laura auf das Naheliegende. Nein, das hatte ich natürlich noch nicht! Erstens funktionierte mein Handy im Wald nicht und zweitens hätte ich sowieso keine Nummer von Johannes gehabt. Das sagte ich ihr.

Schnell griff sie neben die Matratze und nahm ein lilafarbenes Handy aus einer mit Blümchen bestickten Filztasche. Sie suchte den Kontakt heraus, drückte auf *Anrufen* und wartete mit dem kleinen Telefon am Ohr. Ich hörte es tuten und dann gedämpft eine Frauenstimme, die verkündete: »Der gewünschte Gesprächspartner ist zurzeit nicht erreichbar. Bitte versuchen Sie es später noch einmal.«

Laura zog einen Schmollmund und zuckte mit den Schultern. »Nicht erreichbar. Dann schicken wir ihm eben eine Mail.«

Von derselben Stelle wie zuvor das Handy, holte Laura einen flachen Laptop hervor, klappte ihn auf und fing an, in die Tasten zu hacken. Ich spürte, wie meine Finger zu kribbeln begannen.

»Du hast hier Internet?«, fragte ich beinahe ehrfurchtsvoll.

Laura lachte. »Klar, wir leben doch nicht auf dem Mond. Die DSL-Verbindung ist zwar etwas lahm, aber definitiv besser als das alte Modem, mit dem meine Mutter mich bis vor Kurzem noch gequält hat.«

Das Kribbeln wanderte durch meine Hände die Arme hinauf. Was hätte ich darum gegeben, mal schnell bei den *IQoolern* vorbeizuschauen und mich mit ein paar neuen Aufgaben zu versorgen, die mich vielleicht von meinen Grübeleien abbringen würden. Aber ich konnte Laura den Laptop ja schlecht einfach aus den Händen reißen.

»So, das haben wir.« Schon klappte sie den Rechner wieder schwungvoll zu. »Seine Mails checkt er garantiert irgendwann, egal, wo er steckt. Und wenn ich etwas von ihm gehört habe, sage ich dir Bescheid.«

»Danke.« Ich nahm meine Teetasse, um das Kribbeln in

meinen Fingern zu beruhigen. Der Tee war inzwischen kalt, schmeckte aber dank des vielen Zuckers noch immer gut.

»So, und jetzt lass uns die Jungs mal für einen Augenblick vergessen und einfach ein bisschen nett quatschen«, sagte Laura heiter und goss sich frischen Tee in ihre Tasse.

Ich lächelte sie vorsichtig an. Genauso wenig Erfahrung wie mit Jungs hatte ich damit, einfach ein bisschen nett zu quatschen. Laura dafür umso mehr. Wir unterhielten uns so gut, dass es mir zwischendurch sogar eine Weile gelang, nicht an Johannes zu denken.

Kapitel 10

Aus irgendeinem Küchenfenster duftete es intensiv nach frisch gebackenem Kuchen, als ich das blaue Haus verließ und die Straße hinunterging. Sonntagskaffeetrinken! Mein Magen grummelte. Außer dem Milchkaffee hatte ich zum Frühstück nichts hinunterbekommen und bei Laura auch nichts gegessen. Doch nach dem guten Gespräch mit ihr und ihrem Versprechen, mir Bescheid zu geben, wenn Johannes sich meldete, hatten sich meine Gedanken und auch mein Magen endlich ein bisschen beruhigt.

Mit meinem Vater hatte ich vereinbart, dass wir uns am späten Nachmittag am Dorfplatz treffen wollten, um gemeinsam zum Hexenhaus zurückzufahren. Ich hatte keine Ahnung, wie ich mir bis dahin die Zeit vertreiben – und wo ich mir etwas Essbares organisieren sollte. Ich überlegte, ob Paul wohl gerade von irgendeiner alten Dame mit Kuchen gefüttert wurde, und beneidete ihn fast. Wieder einmal verfluchte ich das winzige Kaff, in das Paul mich verschleppt hatte. Zu Hause in Bonn wäre ich auch an einem Sonntag einfach ins nächste Café gegangen und hätte mir nicht nur einen großen Caffè Latte, sondern auch noch einen köstlichen Muffin dazu geholt.

Ohne große Hoffnung schlenderte ich in Richtung des Tante-Emma-Ladens. Zu meiner Überraschung war die Tür geöffnet. Zwar lagen die Kasse und die Hälfte des Geschäfts im Halbdunkel, doch über der Brottheke strahlten die Neonröhren und dahinter stand dieselbe Verkäuferin wie bei meinem letzten Besuch. Auch heute war der Ausschnitt ihres roten Pullovers deutlich zu tief. Angeregt unterhielt sie sich mit einer Kundin, die zwar bereits ein volles Kuchentablett in der linken Hand balancierte, aber nicht den Eindruck erweckte, als ob sie in nächster Zeit vorhatte, den Laden zu verlassen.

Immerhin waren die beiden so mit ihrem Tratsch beschäftigt, dass sie mein Eintreten nicht bemerkten und mir vorerst neugierige Blicke erspart blieben. Ich betrachtete den Inhalt der Kuchentheke: Rosinenschnecken, Puddingteilchen, Nussecken – das volle Kalorienprogramm. Mein Magen knurrte wieder. Trotzdem ging ich nicht zur Theke hinüber, sondern hielt mich im Halbschatten der Regale, denn ich wollte erst bemerkt werden, wenn ich an der Reihe war, um dann so schnell wie möglich meinen Einkauf hinter mich zu bringen und das Geschäft wieder zu verlassen. Auf den bohrenden Blick der Verkäuferin konnte ich heute gut verzichten.

Ich betrachtete eingehend die Fischkonserven, die vor mir im Regal gestapelt waren, berechnete den Preis pro Kilo für Thunfisch (125 Gramm zu 2,39 Euro macht 19,12 Euro) und Rollmops (270 Gramm zu 2,89 Euro macht gerundet 10,70 Euro) und lauschte nebenbei dem Gespräch der beiden Frauen, um nicht zu verpassen, wann es endlich vorbei war.

»Der Pfarrer hat gestern zu tief ins Glas geschaut«, erzählte die Verkäuferin gerade mit ihrer lauten Stimme. »Ganz leutselig ist der geworden und hat mir seine Jugendsünden gebeichtet ...« Sie lachte schrill.

»Pfarrer Grau, na, der ist aber auch eine Sünde wert«, erwiderte die andere und gackerte.

Ich rollte mit den Augen und konzentrierte mich auf die Konserven. Wenn ich für Spaghetti mit Thunfischsoße genau 450 Gramm Thunfisch benötige, dann kostet das ...

»Sag mal, was für ein Mädchen hatte der Johannes Sauer eigentlich da am Arm?«, riss mich die Stimme der Kundin aus meinen Überlegungen. »Die ist aber nicht von hier, oder?«

»Nee, das ist die Tochter vom Professor Jakobi, du weißt schon, der hier alle Leute wegen unserem Sommerfest und der Legende ausfragt ...«

»Ach.« In diesem Ach lag unüberhörbare Sensationslust. »Die Tochter vom Professor also. Was will der Johannes denn mit der?«

Eine interessante Frage! Auch wenn es mir furchtbar unangenehm war, Gegenstand dieses Gesprächs zu sein, konnte ich mich nicht daran hindern, gebannt zu lauschen. Ich schob mich etwas weiter hinter das Regal, damit die beiden mich auf keinen Fall bemerkten, aber wahrscheinlich waren sie so mit ihren Gerüchten beschäftigt, dass ich mit Konserven hätte werfen können, ohne dass es sie gestört hätte.

»Keine Ahnung! Bisher war ihm keine gut genug. Aber ich sag meinem Lars, er soll ihn mal fragen, wenn er ihn das nächste Mal sieht. Würde mich ja schon interessieren ...«

War diese Klatschtante etwa die Mutter von Johannes' Kumpel Lars? Zumindest seine Vorliebe für großspuriges Gelaber hatte er definitiv von ihr geerbt.

»Das kann aber ein bisschen dauern«, riss nun die Kundin das Gespräch wieder an sich.

»Wieso?«, fragte die Verkäuferin.

»Na ja«, die andere kostete ihren Informationsvorsprung aus. »Heute Morgen, als die Kinder aus dem Wald kamen, war der Johannes nicht dabei. Die Jenny hat mir gesagt, sie glauben, dass er schon früher abgehauen ist, weil er sich zu Hause ausschlafen wollte ...«

Das war also die Mutter von Jenny, die Welt war wirklich ganz schön klein, zumindest in diesem Dorf!

»Vom Willi weiß ich aber, dass der Günter ihm erzählt hat, dass der Martin gesagt hat, der Johannes sei zu einem Sommerkurs an die Universität gefahren und dass er deshalb nicht beim Aufräumen helfen könne. Aber die Jenny hat gesagt, dass der Johannes davon nichts erzählt hat und dass sie das ein bisschen wundert ...«

Stille kehrte ein, in der ich die beiden Frauen so schwer atmen hörte, als hätten sie gerade einen Dauerlauf absolviert. Ich selbst merkte erst jetzt, dass ich die Luft angehalten hatte, und stieß sie mit einem lautlosen Seufzen aus. Ich kannte all diese Fakten und mir war es gerade erst gelungen, meine rotierenden Gedanken halbwegs zur Ruhe zu bringen. Nun nahmen sie jedoch wieder an Fahrt auf und führten ihre endlosen Umdrehungen fort.

»Wer weiß ...«, griff die Verkäuferin das Gespräch auf, ihre Stimme hatte sie plötzlich zu einem Flüstern gesenkt, sodass ich mich anstrengen musste, um ihre Worte zu verstehen. »Womöglich hat den auch die Waldhexe geholt.«

Die Frauen lachten, doch es klang nicht echt.

»Tja, wer weiß«, antwortete die Kundin.

»Die Sybilla hätt's gewusst«, bemerkte die Verkäuferin noch immer mit gesenkter Stimme. Die andere schnaufte. Und damit war das Gespräch offenbar beendet.

»Macht sieben Euro achtzig«, erklärte sie lautstark und geschäftsmäßig.

Die andere zählte die Münzen ab, die auf der Glastheke klirrten.

»Schönen Tag noch«, sagte Jennys Mutter.

»Ja, lasst es euch schmecken.«

Ich huschte schnell zur Ladentür hinaus, bevor mich eine der beiden doch noch bemerkte. Mein Appetit war mir gründlich vergangen.

Womöglich hat den auch die Waldhexe geholt …

Der Satz ging mir nicht mehr aus dem Kopf, drehte sich mit all meinen anderen Fragen in einem wilden Karussell, pochte gegen meine Schläfen, sodass ich Kopfschmerzen davon bekam. Die Waldhexe … so ein Quatsch! Langsam ging mir dieser Aberglaube richtig auf die Nerven!

Und doch schauderte ich bei dem Gedanken. Etwas stimmte einfach nicht an dieser ganzen Geschichte. Etwas stimmte nicht mit diesem Wald, der mir vom ersten Moment an Angst gemacht hatte.

Jetzt, während ich in der nachmittäglichen Sonne in Richtung Dorfplatz lief, kamen mir die gruseligen Ereignisse zwar fern vor. Aber ich musste nur an Aristoteles denken, der mit seinem dicken Verband im Hexenhaus lag, und sofort hatte ich wieder die Bilder vor Augen: mein Kater mit blutverschmiertem Fell, mit zerfetztem Bein, voller Schmerzen, voller Panik!

»Hoppala, aufgepasst«, riss mich eine freundliche Stimme aus meinen Gedanken.

Vor mir stand Pfarrer Grau und lächelte mich an. Beinahe wäre ich in ihn hineingelaufen, so sehr war ich mit dem Horrorfilm in meinem Kopf beschäftigt gewesen.

»Guten Tag ... Greta, nicht wahr?« Er hatte sich meinen Namen also gemerkt.

»Hallo«, murmelte ich abwesend, noch zu sehr mit den Bildern von Aristoteles beschäftigt, um höflich zu sein.

»Gut, dass ich dich treffe«, fuhr der Pfarrer ungerührt fort und wischte sich eine seiner grauen Strähnen aus der Stirn. »Ich habe noch dein Buch. Du hast es auf der Bank liegen gelassen und ich habe es mit in mein Büro genommen, damit der Regen ihm nichts anhaben kann. Möchtest du es dir vielleicht jetzt abholen?«

Mein Buch? Ach ja, das Märchenbuch, das ich vor einigen Tagen auf dem Friedhof vergessen hatte. Der Tag schien eine Ewigkeit zurückzuliegen. Ich nickte und schob rasch hinterher: »Ja, gerne, vielen Dank.«

Ich war so von meinen wirren Gedanken abgelenkt gewesen, und hatte gar nicht bemerkt, dass ich bereits am Dorfplatz angekommen war.

»Und, hattest du gestern Spaß beim Sommerfest?«, versuchte Pfarrer Grau ein Gespräch in Gang zu bringen, während wir auf die Kirche zugingen.

Ich musste an den Tratsch denken, den ich gerade im Tante-Emma-Laden über den Pfarrer gehört hatte. Er habe zu tief ins Glas geschaut und ihr seine Jugendsünden gebeichtet, hatte Lars' Mutter erzählt. Ich betrachtete Pfarrer Grau, der mit geradem Rücken in seinem schwarzen Anzug neben mir lief. Er wirkte so korrekt, dass ich mir weder vorstellen konnte, dass er jemals zu viel trank, noch dass es irgendwelche Jugendsünden gab, die er hätte beichten können. Und wenn, dann hätte er sie doch bestimmt nicht vor der größten Lästertante des ganzen Ortes ausgebreitet.

»Äh, Spaß, ja«, antwortete ich zeitverzögert. »Es war sehr interessant«, fügte ich schnell hinzu, weil Spaß nun wirklich nicht der Ausdruck war, der mir passend erschien.

Schon waren wir vor dem Kirchenportal angelangt und Pfarrer Grau führte mich an der steinernen Fassade vorbei zu einem kleineren Haus aus Backstein, das so alt zu sein schien wie die Kirche selbst und sich in ihren Schatten drückte.

»Hereinspaziert«, lud er mich ein, schloss die Eingangstür auf und ließ mir dann den Vortritt. »Das Büro ist gleich links.«

Der Raum war größer, als ich in dem kleinen Haus erwartet hatte. An der einen Wand standen Bücherregale, davor ein breiter Schreibtisch mit zwei Besucherstühlen, auf der anderen Seite des Zimmers gab es außerdem ein Sofa und einen Sessel mit geblümten Bezügen. Pastellfarbene Bilder und ein frischer Blumenstrauß auf einem Beistelltisch sollten wohl eine behagliche Atmosphäre vermitteln.

»Setz dich kurz, ich suche das Buch eben heraus.«

Pfarrer Grau deutete auf das Sofa und drehte sich dann zu den Bücherregalen. Ich wunderte mich, dass er mein Märchenbuch dort einsortiert hatte, aber vermutlich wollte er auf seinem penibel geordneten Schreibtisch keine Unordnung schaffen.

»Ah, da ist es schon.« Er zog den Märchenband zwischen zwei anderen Büchern heraus, kam herüber und reichte ihn mir. »Ein wirklich schönes Werk mit wunderbaren Illustrationen. Magst du Märchen?«

Ich seufzte stumm. Eigentlich hatte ich keine Lust, mich mit dem Pfarrer über Bücher zu unterhalten, mich überhaupt mit ihm zu unterhalten, doch andererseits war ich schon wortkarg und unhöflich genug gewesen.

»Es geht so«, gestand ich. »Mein Vater ist der Märchenfan in unserer Familie. Ich habe mir das Buch nur von ihm geliehen.«

»Ach so«, erwiderte Pfarrer Grau. Er ließ sich mir gegenüber in den Sessel sinken und faltete die Hände im Schoß. »Nun, von meinem Hobby habe ich dir ja bereits erzählt, nicht wahr?«

Ich erinnerte mich, dass er gesagt hatte, er interessiere sich für Gräberkunde. Oh nein, dachte ich. Hoffentlich folgte jetzt nicht erneut ein Vortrag. Ich nickte schicksalsergeben.

»Ich habe noch lange über unsere interessante Unterhaltung vor ein paar Tagen auf dem Friedhof nachgedacht«, nahm Pfarrer Grau den Gesprächsfaden wieder auf.

Für ihn war es sicher sehr interessant gewesen, dachte ich und musste mich zusammenreißen, um nicht laut zu seufzen.

»Dieses Grab, die Engelsflügel, du weißt schon, es hat mich nicht mehr losgelassen. So ist das, wenn man ein Interesse an manchen Dingen hegt, schätze ich. Sie lassen einen einfach nicht mehr los.« Er öffnete seine gefalteten Hände und verschränkte sie andersherum. Das tat er mehrmals hintereinander. Vermutlich sollte die Geste beruhigend wirken, mich machte sie nervös. »Jedenfalls habe ich etwas getan, was ich schon längst einmal hätte tun sollen. Ich habe die alten Kirchenbücher durchforstet. Und stell dir vor, ich bin fündig geworden.« Er klatschte begeistert in die Hände. Dann stand er auf und ging zu einem Aktenschrank, der sich hinter der Zimmertür versteckte.

»Warte, ich zeige es dir.« Er öffnete den Schrank und zog ein schwarz eingebundenes Buch heraus, das er mir ebenfalls brachte und in die Hand drückte. *Kirchenbuch der Gemeinde Bixdorf* war auf den Deckel geprägt. Der Einband wirkte abgegriffen, als hätte jemand das Buch viele Male zur Hand genommen. Ich wog es hin und her und wusste nicht, was ich damit anfangen sollte.

»Hier, schau.« Pfarrer Grau nahm es mir wieder ab und begann darin zu blättern, schließlich wurde er fündig und streckte mir das aufgeschlagene Buch entgegen. In einer Art Tabelle waren untereinander mit säuberlicher Schrift Daten und Namen notiert: Taufen, Trauungen,

Todesfälle. Das ganze Leben zusammengeschrumpft auf wenige Worte in einem schwarzen Buch, schoss es mir durch den Kopf.

Mit dem Zeigefinger tippte Pfarrer Grau auf eine Zeile und ich las, was dort stand: *1982, 28.06., Beerdigung Nummer 4, Britta Breuer, geb. 14.02.1965, gest. 19.06., Ritus vollzogen durch Pfarrer Michael Bergmann.*

»Das muss sie gewesen sein«, hörte ich Pfarrer Grau mit Triumph in der Stimme. »Es ist der einzige Todesfall mit dem passenden Vornamen, den ich keinem anderen Grab zuordnen konnte.«

Ich hörte den Pfarrer reden, doch meine Augen starrten noch immer auf das Kirchenbuch in meinen Händen. 28.06.1982. Die Zahlen klickten in meinem Kopf, zum Datum errechnete ich den passenden Wochentag. Ein Montag. Und der 19.? Ein Samstag. 1982, dachte ich. Das war vor dreißig Jahren.

Es war beim Sommerfest vor genau dreißig Jahren, hatte ich plötzlich Johannes' Stimme im Ohr. Die Geschichte von dem Brand im Wald, die er mir erzählt hatte, als wir in der Ruine kauerten! *Wenn der Waldhexe das Opfer der Jugendlichen nicht genügt, dann holt sie sich einen von ihnen. Und das, sagen die Leute, sei damals passiert.*

Mir wurde schwindelig und die Buchstaben begannen vor meinen Augen zu tanzen.

Womöglich hat den auch die Waldhexe geholt … hat

den auch die Waldhexe geholt ... hat den auch die Waldhexe geholt ...

Das Kirchenbuch glitt mir aus den Händen und polterte auf den Fußboden.

»Greta? Alles in Ordnung?« Ich war nicht in der Lage zu antworten. »Greta?« Pfarrer Grau berührte mich am Arm.

Ich versuchte, tief durchzuatmen. Ein. Aus. Ein. Aus. Es war nur eine Legende. Aberglaube! Ein. Aus.

Aber was, wenn Johannes nicht bei einem Sommerkurs war? Was, wenn er verschwunden war? Verschwunden im Wald?

»Greta, möchtest du ein Glas Wasser?«

Etwas stimmte nicht! Das Gefühl kehrte zurück, ergriff mich mit voller Wucht. Etwas stimmte nicht ... und ich musste herausfinden, was es war!

Die Entscheidung klärte meinen Kopf auf einen Schlag.

»Danke, es geht schon.« Ich löste meinen Arm aus Pfarrer Graus Griff. »Ich muss leider gehen.«

»Bist du sicher?« Der Pfarrer musterte mich besorgt.

»Ja, absolut. Danke, dass Sie das Buch für mich aufbewahrt haben.« Ich nahm Grimms Märchen von dem Beistelltisch und stand auf.

»Gern geschehen. Und, Greta.« Pfarrer Grau sah mich ernst an. »Wenn du mal reden möchtest, dann komm ruhig vorbei.«

Ich verzog meine Mundwinkel, ohne wirklich zu lächeln.

»Klar, danke, bis bald.«

Paul wartete schon auf dem Dorfplatz auf mich. Ich war selbst überrascht, wie froh ich war, meinen Vater zu sehen. Plötzlich wurde mir klar, was ich tun musste: Ich würde Paul von der ganzen Geschichte erzählen. Niemand kannte sich besser mit Märchen und Legenden aus als er. Und wenn auch nur ein Fünkchen Wahrheit darin lag, dann würde er es mir sagen können.

Kapitel 11

Gretchen, es ist nur eine Legende«, fasste mein Vater in Worte, was ich mir schon die ganze Zeit vorbetete.

»Ich weiß nicht ...« Unruhig rutschte ich auf dem hässlichen und noch dazu unbequemen Sofa in unserem Hexenhaus hin und her. Paul saß mir ganz ruhig in einem der Ohrensessel gegenüber, einen Becher Kaffee in beiden Händen. Ich hatte dankend abgelehnt, als er mir auch einen anbot, ich fühlte mich schon ohne Koffein kribbelig genug.

»Ich sage mir selbst ständig, dass das alles nur Aberglaube ist. Aber trotzdem stimmt irgendetwas nicht. Dieser Wald ... macht mir Angst«, gestand ich.

»Das ist ganz natürlich«, erklärte Paul mit Professorenstimme. »Der Wald hatte für die Menschen zu allen Zeiten etwas Geheimnisvolles. Früher hat das ja auch

Sinn ergeben. Da gab es in den weiten Wäldern wilde Tiere, Gefahren lauerten auf die Reisenden, wie zum Beispiel Wegelagerer, die sie überfielen und ausraubten. Heute geht die größte Gefahr von Jägern aus, die nicht mit ihren Schrotgewehren umgehen können und auf unschuldige Katzen schießen.«

Ich schnaufte. Pauls Erklärung für Aristoteles' schlimme Verletzung erschien mir unbestreitbar logisch. Trotzdem änderte sie nichts an dem unangenehmen Grundgefühl, das sich in meinem Bauch eingenistet hatte und nicht mehr zu vertreiben war.

»Allerdings ist es kein Wunder, dass wir Menschen heute erst recht Angst empfinden, wenn wir mit einem urtümlichen Waldgebiet konfrontiert werden«, fuhr Paul dozierend fort. »Wir sind so zivilisiert, so verstädtert, dass wir keinen Bezug mehr zur unberührten Natur haben. Und ich muss gestehen, dass dieser dichte, beinahe urwaldartige Wald rund um Bixdorf dazu einlädt, den seiner Legende zugrunde liegenden Wahrheitsgehalt für bare Münze zu nehmen. Das ist ja auch der Grund, weshalb dieser Ort für meine Forschungen essenziell ist.«

Wenn Paul so gebildet redete, taten mir immer seine Studenten leid, die sich seine Ausführungen in jeder Vorlesung anhören mussten. Aber mein Vater hatte natürlich recht: Bixdorf und der umliegende Wald waren das perfekte Setting für eine Gruselgeschichte.

»Was ist denn nun dran an der Legende?«, fragte ich Paul geradeheraus.

»Tja, das kann man nie so genau sagen«, erwiderte mein Vater und drehte seinen Kaffeebecher zwischen den Händen. »Eine Hexe, die den Menschen hilft und dafür ein Opfer fordert, ist schon immer ein beliebtes Märchenmotiv gewesen. Allerdings sind wir beide uns wohl einig, dass sie in die Welt der Fabelwesen gehört und in der Realität nie existiert hat.«

Ich nickte. Dieses Gespräch mit meinem Vater, der stets alles von der rein wissenschaftlichen Seite betrachtete, tat mir gut. Endlich funktionierte mein logisches Denken wieder.

»Allerdings ist es nicht unüblich, dass in solchen Gegenden wie dieser immer wieder Personen, vor allem Frauen, als Hexen angesehen wurden«, setzte Paul seine Erklärung fort. »Das waren meist solche Frauen, die sich mit Heilkunde auskannten. Zu ihnen gingen die Menschen, wenn sie unerklärliche Schmerzen hatten, unheilbare Krankheiten, aber auch bei anderen Problemen: Kinderlosigkeit, Liebeskummer und so weiter ... Solche Frauen waren ein wichtiger Bestandteil der Gemeinschaft und doch gleichzeitig von ihr ausgeschlossen.«

»Aber«, warf ich ein, »das ist doch sicher alles lange her. Heute glaubt wirklich niemand mehr an Hexen.«

Aristoteles erhob sich mühsam von einem der Sofakissen, auf dem er bislang geschlafen hatte, und kam zu mir gehumpelt. Ich hob ihn auf meinen Schoß und fing vorsichtig an, ihm den Rücken zu kraulen. Sofort schaltete er den Motor an und schnurrte leise.

»Vertu' dich nicht«, erwiderte Paul, während er sich vorlehnte, um den leeren Becher auf dem Tisch abzustellen. »Erinnerst du dich vielleicht noch an das Interview, zu dem du mich begleitet hast? Diese Frau hat von einer Sybilla Maternus erzählt, weißt du noch? Und auch in weiteren Gesprächen habe ich den Namen gehört. Es hat den Anschein, als hätte diese Frau Maternus in Bixdorf die Rolle der Kräuterhexe erfüllt, bis sie vor einigen Jahren verstarb. Natürlich würde das niemand so direkt sagen, aber ich habe meine Schlüsse aus den vielen Andeutungen gezogen. Es ist ziemlich eindeutig.«

Ich schauderte und Aristoteles maunzte empört, weil ich ihn geistesabwesend zu fest gestreichelt hatte. Sybilla Maternus sollte also wirklich eine Hexe gewesen sein. Ich erinnerte mich noch gut an das Interview und die anderen Gerüchte, die ich gehört hatte. Und wenn diese alte Frau eine Hexe gewesen war, was war dann mit der Waldhexe? Gab es sie doch?

Womöglich hat den auch die Waldhexe geholt ... Wieder schob sich der Satz in meine Gedanken. Meine Logik brach in sich zusammen und machte erneut der inneren Unruhe Platz.

»Sag mal, Paul«, stieß ich hervor. »Weißt du etwas über diese Sache vor dreißig Jahren, als zwei Jugendliche verschwunden sind?«

»Hm, ja«, antwortete mein Vater nachdenklich. »Ich habe natürlich davon gehört. Interessant, sehr interessant. Ich habe ein wenig dazu im Archiv recherchiert, bin aber nicht so recht fündig geworden.«

Ich rutschte gespannt auf die Sofakante, sodass Aristoteles fast von meinen Beinen fiel. Empört schaute er zu mir auf und ich legte ihn behutsam auf das Kissen neben mir.

»Ich will morgen noch mal nach Dillingen fahren. Magst du mich vielleicht begleiten?« Paul schien erfreut, dass ich mich neuerdings für seine Arbeit interessierte.

»In Ordnung«, stimmte ich zu. Ich wusste nicht, ob es mich weiterbringen würde. Aber es war etwas zu tun. Und alles war besser, als untätig herumzusitzen und darauf zu warten, dass Johannes sich auf Lauras Mail meldete.

Vermutlich war es genau diese Unfähigkeit, einfach nur herumzusitzen, die mich dazu brachte, in den Wald zu gehen.

Es war bereits früher Abend und hätte ich ein Buch gehabt, wäre es mir vielleicht gelungen, es mir damit auf der Veranda gemütlich zu machen und für kurze Zeit nicht an Hexen und Legenden zu denken. Nicht an Johannes zu denken erschien mir hingegen unmöglich. Er spukte mir permanent durch den Kopf, seit er mich auf dem Sommerfest geküsst hatte. Aber vielleicht hätte ich mich für ein paar Minuten nur an seine Küsse erinnert, anstatt mir ständig Sorgen zu machen, wo er steckte.

Aber ich hatte kein Buch. Keines zumindest, das mich ausreichend ablenken konnte. Und deshalb ging ich, nachdem ich eine Schale Müsli in mich hineingezwungen hatte, in den Wald.

Paul nickte nur, als ich ihm mitteilte, ich wolle noch kurz spazieren gehen. Entweder hatte er schon vergessen, dass ich ihm gesagt hatte, der Wald mache mir Angst, oder er hielt einen Spaziergang für eine gute Therapie. Wahrscheinlich war er aber einfach zu beschäftigt mit seiner Arbeit, in die er sich bereits wieder vertieft hatte.

Wie ferngesteuert schlug ich den schmalen Pfad ein, der von unserem Ferienhaus in den Wald führte. Laura hatte mir beschrieben, wo die Lichtung lag, auf der die Jugendlichen übernachtet hatten. Ich hatte keine Ahnung, ob ich sie finden würde. Und vor allem war mir selbst nicht klar, was ich dort eigentlich zu entdecken hoffte.

Die Abendsonne schien durch das Blätterdach und zeichnete goldene Muster auf den Boden. Noch immer war es sehr warm, fast ein bisschen schwül. Vögel, deren Namen ich nicht kannte, veranstalteten ein abendliches Konzert. Hin und wieder vernahm ich ein leises Knacken, das mich jedes Mal zusammenfahren ließ, doch es waren nur kleine Zweige, die unter meinen eigenen Füßen brachen.

Die Lichtung lag ganz in der Nähe der alten Ruine, so hatte Laura es mir erklärt. Den Weg war ich also schon einmal gegangen. Zwar war es Johannes gewesen, der mich von dort zurück zu unserem Haus geführt hatte. Aber ich hoffte, dass es mir trotzdem gelingen würde, ihn wiederzufinden.

Bald standen die Bäume so dicht, dass nur noch wenig Licht durch ihre Kronen drang, um mich wurde es dämmrig. Auch der Pfad, an dem ich mich eben noch orientiert hatte, schien plötzlich verschwunden zu sein.

Mist! War ich in diesem Teil des Waldes schon mal gewesen? Ich wusste es nicht. Nichts in meiner Umgebung kam mir bekannt vor. Alles sah gleich aus. Wie sollte ich so die Lichtung finden? Oder sollte ich besser umkehren? Nein. Ich wollte es wenigstens versuchen.

Ich stapfte weiter voran, versuchte mir einzuprägen, in welche Richtung ich ging, und mir markante Baumformen zu merken, die mir vielleicht auf dem Rückweg helfen würden.

Hänsel und Gretel verliefen sich im Wald …

Das alte Kinderlied mit der eingängigen Melodie kam mir in den Kopf und setzte sich augenblicklich als Ohrwurm fest.

Es war so finster und auch so bitterkalt.

Immerhin war es nicht kalt. Und noch war es auch nicht dunkel. Meine Chancen standen also deutlich besser als die der ausgesetzten Geschwister aus dem Märchen.

Vielleicht hätte ich Brotkrumen mitnehmen sollen, um mir eine Spur nach Hause zu legen, dachte ich und ärgerte mich über mein schlechtes Orientierungsvermögen. Dann fiel mir das Lebkuchenherz ein, das ich Johannes zum Abschied geschenkt hatte. Was hatte Laura gesagt? Er habe es den ganzen Abend nicht abgelegt. Ich lächelte bei dem Gedanken.

Sie kamen an ein Häuschen von Pfefferkuchen fein. Wer mag der Herr wohl von diesem Häuschen sein?

In diesem Moment sah ich sie. Die Ruine. Durch dichte Büsche entdeckte ich die überwucherten Mauern, zwischen denen Johannes und ich Schutz vor dem Regen gesucht hatten. Wie weggewischt verschwand das Lächeln von meinem Gesicht. Ich fühlte mich seltsam unwohl, als ich die alten Steine betrachtete.

Huhu, da schaut eine alte Hexe raus ...

Greta, reiß dich zusammen! Ich musste mich selbst zur Ordnung rufen, damit meine Gedanken nicht anfingen, verrückt zu spielen. Hier gab es keine Hexe! Nur ein verfallenes Haus mit einer gruseligen Geschichte. Und ganz in der Nähe musste die Lichtung sein, die ich suchte.

Ich schlug einen weiten Bogen um die Ruine und fand tatsächlich nach kurzer Zeit einen breiteren Weg, der sich zwischen Bäumen wand. So hatte Laura es mir beschrieben. Ich folgte dem Pfad vielleicht dreihundert Meter weit, dann erreichte ich die kleine Lichtung.

Sie war nicht groß, von einer Seite zur anderen brauchte man höchstens zwanzig Schritte, doch das Faszinierende war, dass sie exakt kreisrund war. An ihrem Rand standen schlanke, sehr hohe Bäume, die ihre Blätterkronen wie lange Arme in den bereits dunkler werdenden Himmel reckten. Ich legte den Kopf in den Nacken und drehte mich einmal um mich selbst. Sofort wurde mir schwindelig.

Wie um die ungewöhnliche Form der Lichtung zu unterstreichen, hatte jemand einen Kreis aus Steinen in ihre Mitte gelegt. Dreizehn Steine, erkannte ich auf einen Blick. In dem Steinkreis entdeckte ich die schwarzen Überreste eines Lagerfeuers. Hier hatten sie also gefeiert und geschlafen. Hatten der Hexe ihre Opfergaben überbracht. Ob sie in dem Feuer auch die Strohpuppe verbrannt hatten? Vermutlich.

Alles passte. Dieser Ort wirkte tatsächlich magisch auf mich.

Ich umrundete die Lichtung langsam. Bei einem Durchmesser von zwanzig Metern beträgt der Umfang eines Kreises 62,832 Meter – ich benötigte dreiundneunzig Schritte und war froh, dass mein mathematisches Gehirn wieder angesprungen zu sein schien. Doch ansonsten brachte mich der Besuch dieser Lichtung kein bisschen weiter.

Ich war enttäuscht. Und gleichzeitig ärgerlich. Was hatte ich bloß erwartet? Ein Briefchen von Johannes, in dem er mir seine Pläne für den Sommer verraten würde? Geheime Zeichen an einem Baumstamm? Gar ein Herzchen, das er für mich eingeritzt hatte? *Greta*, schimpfte ich mit mir selbst, *sei nicht albern!*

Mittlerweile war es so spät geworden, dass ich beschloss, so schnell wie möglich zum Ferienhaus zurückzukehren. Der Weg war weniger lang gewesen, als ich befürchtet hatte, doch ich wollte auf keinen Fall riskieren, im Dunkeln allein im Wald unterwegs zu sein und mich womöglich doch noch zu verirren.

Gegenüber der Lichtung führte ein schmaler Pfad zwischen den Büschen genau in die richtige Richtung. So konnte ich mir vielleicht den Umweg über die Ruine sparen. Um ehrlich zu sein, war ich ganz froh, nicht wieder an dem abgebrannten Haus vorbeigehen zu müssen – auch wenn ich für meine innere Abneigung noch immer keine logische Erklärung gefunden hatte.

Ich warf also einen letzten Blick auf die einsam daliegende Lichtung, kreuzte den etwas breiteren Weg, und schlug den schmalen Pfad ein. Den Blick fest auf den Boden gerichtet, um nicht zu straucheln oder zu stolpern, eilte ich voran. Ich wollte jetzt nur noch so schnell wie möglich nach Hause. Doch nach wenigen Schritten blieb ich wie erstarrt stehen.

Dort, unter einem Busch gleich neben dem Pfad, blitzte etwas Rotes. Etwas, das dort definitiv nicht hingehörte. In der ersten Schrecksekunde hatte ich das Bild von Aristoteles vor Augen, der sich verletzt zusammenkauerte. Aber das war natürlich Quatsch. Dieses leuchtend rote Teil, stellte ich fest, als ich mich hinhockte und es genauer betrachtete, war ein Band. Ich reckte meinen Arm unter die Zweige und zog es zu mir. Scharf sog ich die Luft ein, das Atmen schien mir plötzlich schwerzufallen. Denn an dem Band hing – wie ich es im Grunde schon befürchtet hatte – ein Lebkuchenherz.

Für immer, stand in rosafarbener Zuckerschrift darauf. *Für immer*, dachte ich. Das war das Herz, das ich Johannes beim Sommerfest geschenkt hatte. Das er laut Laura die ganze Nacht nicht abgelegt hatte, woraus sie schloss, dass ich Johannes wichtig sein musste. Aber warum lag es jetzt hier? Fallen gelassen. Verloren. Weggeworfen. Was hatte das zu bedeuten?

Eigentlich gab es nur zwei Möglichkeiten, überlegte ich, während ich das Lebkuchenherz in meiner Hand wog. Möglichkeit eins: Johannes hatte das Herz verloren. Er musste bei seinem Aufbruch so in Eile gewesen sein, dass er nicht bemerkt hatte, als es zu Boden fiel. Nein, das konnte nicht sein. Denn das Herz hing ja an seinem roten Band und dieses war unversehrt. Er hätte es über den Kopf streifen müssen, bevor es auf den Boden fallen konnte.

Das brachte mich zu Möglichkeit zwei, und die gefiel mir keineswegs besser: Laura hatte sich geirrt. Johannes hatte das Lebkuchenherz achtlos weggeworfen, als er sich früh am Morgen auf den Weg zurück ins Dorf gemacht hatte. Vielleicht hatte er es den ganzen Abend nur aus Spaß um den Hals getragen, möglicherweise sogar, um Lars zu ärgern, der es mir ja ursprünglich geschenkt hatte. Bei dieser Überlegung breitete sich augenblicklich ein trostloses Gefühl in mir aus. Denn wenn

Johannes das Lebkuchenherz egal war, dann war ich es ihm vermutlich auch. Ich musste kräftig schlucken.

Plötzlich fiel mir noch eine dritte Möglichkeit ein. Und die führte dazu, dass mein Herz zu rasen anfing. Was, wenn Johannes genau das getan hatte, was ich ihm im Scherz geraten hatte: Eine Spur zu legen! Was, wenn dieses Lebkuchenherz nicht aus Versehen hier unter dem Busch gelandet war, sondern in voller Absicht weggeworfen worden war, damit es jemand fand – damit ich es fand!

Nein! Das konnte doch nicht sein. Ich schüttelte mich. Das durfte nicht sein. Denn das würde ja bedeuten, dass tatsächlich etwas nicht mit rechten Dingen zuging. Und dass Johannes wider Willen verschwunden war. Nein!

Mein Herz hämmerte in meiner Brust. Hektisch sah ich mich um. Auf einmal hatte ich wieder das Gefühl, dass mich jemand beobachtete. Es war so übermächtig, dass ich die Schultern hochzog, um mich vor dem fremden Blick zu schützen.

Nicht durchdrehen!

Atmen!

Ich zwang meine Gedanken zur Ruhe.

Zwang mich, gleichmäßig zu atmen.

Zwang mich, zu denken.

Drei Komma eins, vier, eins, fünf, neun, zwei, sechs, fünf, drei, fünf, acht, neun, sieben, neun, drei, zwei, drei …

Je mehr ich mich beruhigte, desto schwächer wurde

das Gefühl, beobachtet zu werden. Und obwohl es nicht vollständig verschwand, hatte ich mich selbst nach einer Weile wieder im Griff.

Das Lebkuchenherz fest umklammert, drehte ich mich mehrmals um mich selbst, ließ meinen Blick über die Bäume und den Boden gleiten auf der Suche nach irgendeinem weiteren Hinweis. Aber da war nichts. Zumindest konnte ich nichts entdecken. Ohnehin war es inzwischen so dunkel geworden, dass ich nicht mehr viel sehen konnte. Wenn ich nach Hause wollte, bevor es stockfinster wurde, musste ich mich beeilen. Hier im Wald würde ich heute jedenfalls nichts mehr ausrichten können.

Johannes, dachte ich. *Was ist bloß passiert?*

Leise murmelte ich seinen Namen vor mich hin und kam mir dabei schrecklich albern und gleichzeitig hilflos vor.

Kapitel 12

Ein Poltern weckte mich aus meinem leichten, unruhigen Schlaf.

Ich riss die Augen weit auf, doch um mich herum war nichts als Schwärze. Die Dunkelheit umhüllte mich wie eine schwere Decke. Ich hatte vor dem Zubettgehen die Fensterläden geschlossen, um den Wald auszusperren und damit auch das wenige Licht, das der Mond verbreitete. Als ich mich zur Seite rollte und nach dem Lichtschalter tastete, stieß ich mit dem Ellbogen gegen den Nachttisch. Mein Finger erreichte den Schalter und drückte ihn. Ein grelles Licht flammte auf, dann knallte es. Das Licht erlosch. Mist! Die Glühbirne war hinüber.

Meine Hand wanderte über das glatte Holz des Tischchens, fand mein Handy. Der schwache Schein des Displays erhellte notdürftig den Raum. Die Anzeige meldete noch immer *Kein Netzempfang*, doch immerhin teilte mir das kleine Telefon zuverlässig die Zeit mit: 3.46 Uhr.

Ich schüttelte den Kopf, um die Schwere des schlechten Schlafs zu vertreiben, und lauschte. Was hatte mich geweckt? Im Haus war alles ruhig, nur hin und wieder hörte ich Pauls rasselndes Schnarchen.

Hatte ich wieder nur geträumt? Langsam gewöhnte ich mich daran, von Albträumen verfolgt zu werden. Dieses Mal konnte ich mich allerdings nicht an einen Traum erinnern. Nur an das Poltern.

Es grenzte an ein Wunder, dass ich überhaupt eingeschlafen war, so aufgewühlt wie ich mich fühlte. Als ich aus dem Wald zurückgekommen war, hatte mein Vater zum Glück noch über seiner Arbeit gesessen, und ich erzählte ihm von meinem Fund, der mich so in Aufruhr versetzte. Doch Paul fand das Ganze weit weniger besorgniserregend.

»Gretchen«, sagte er, »bleib realistisch. Was soll denn passiert sein?«

Zwischen meinem Vater und mir war es bisher immer so gewesen, dass wir unsere Sorgen mit uns selbst ausmachten. Aber als er mir diese Frage stellte, brachen plötzlich all meine Gedanken aus mir heraus, die ich mir gemacht hatte, seit Johannes am Morgen verschwunden war. Ich erzählte ihm alles: Dass ich nachts einen Schrei gehört hatte und deshalb wissen wollte, ob alle gut aus dem Wald zurückgekommen waren. Dass Johannes nicht bei den anderen gewesen war und sein

Vater behauptete, er sei zu einem Sommerkurs gefahren. Ich berichtete von meinem Besuch bei Laura und von dem Gespräch, das ich im Tante-Emma-Laden belauscht hatte. Selbst meine Begegnung mit Pfarrer Grau ließ ich nicht aus. Nur dass Johannes mich geküsst hatte, bevor er mit den anderen Jugendlichen in den Wald gezogen war, verriet ich meinem Vater noch immer nicht. Ich fand nach wie vor, dass ihn das nichts anging.

Paul hörte mir aufmerksam zu. Als ich geendet hatte, setzte er sich zu mir aufs Sofa und legte mir etwas unbeholfen seinen Arm um die Schultern. Er merkte, wie durcheinander ich war. Aber er hatte keine Erfahrung darin, mich zu trösten. Und ich war es nicht gewöhnt, mich trösten zu lassen. Nach einem kurzen Augenblick streifte ich den Arm wieder ab und wandte mich Paul zu. Ich schluckte, damit er den Kloß nicht bemerkte, der mir den Hals verstopfte.

»Ich bin mir sicher, dass etwas nicht mit rechten Dingen zugeht«, betonte ich, doch die Worte klangen nicht so überzeugend, wie ich es mir gewünscht hätte. Hier, im hässlichen Wohnzimmer des Ferienhauses mit meinem Vater an meiner Seite, erschienen mir die Erlebnisse im Wald, das Gefühl, beobachtet zu werden, unwirklicher als zuvor. »Ich glaube, Johannes hätte es mir erzählt, wenn er vorgehabt hätte, zu diesem Sommerkurs zu fahren.«

»Also, Gretchen«, wandte Paul vorsichtig ein. Er hatte wirklich keinerlei Erfahrung mit Teenagerproblemen!

»Ich weiß ja nicht, warum Johannes dir nichts davon gesagt hat. Aber wenn sein Vater es dir so erzählt hat, dann wird es wohl stimmen. Ich finde den Ortsvorsteher nicht gerade sympathisch, aber warum sollte er dich und alle anderen belügen?«

»Ich weiß es nicht«, räumte ich hilflos ein. »Ich weiß es doch selbst nicht.«

Und dann war ich ins Bett gegangen, weil mir nichts einfiel, was ich stattdessen hätte tun können.

Da! Ich zuckte zusammen. Jetzt hatte ich es wieder gehört. Ein Knacken direkt über meinem Kopf. Was war das? Oder besser gesagt: wer? Denn es klang, als würde jemand über mir auf dem Dachboden des Hauses herumschleichen und sich dabei vergeblich bemühen, leise zu sein. Mein Puls beschleunigte sich. Ein Einbrecher im Hexenhaus? Aber was wollte derjenige hier?

Mein erster Impuls war, mir die Decke über den Kopf zu ziehen und die Ohren zuzuhalten. Doch dann wurde ich wütend. Unsagbar wütend. Was ging hier eigentlich vor? Warum passierten lauter Sachen, die mir Angst einflößten, die mich hilflos machten und die überhaupt nicht logisch waren? Ich hatte genug davon, ich wollte endlich wissen, was los war!

Bevor mich die Entschlossenheit wieder verlassen konnte, schwang ich die Beine aus dem Bett, stand auf und schlich mich leise aus dem Zimmer. Am Fuß der schmalen Treppe, die nach oben führte, verharrte ich und lauschte noch einmal. Nichts. Hoffentlich hatte der

Einbrecher mich nicht gehört. Ich wollte ihn auf frischer Tat ertappen.

Du solltest Paul wecken, riet mir meine innere Stimme der Vernunft. Aber ich ignorierte sie. Ich war zu wütend. *Du solltest dich bewaffnen*, lenkte sie ein. Ein berechtigter Einwand. Das Einzige, was ich in der Hand hielt, war mein Handy, das mir als Taschenlampe diente. Damit würde ich den Einbrecher sicher nicht überwältigen können. In seinem schwachen Schein sah ich mich in dem engen Flur um, aber ich entdeckte nur eins von Pauls Märchenbüchern, einen richtig dicken Wälzer, den er hier abgelegt haben musste. Erschlagen von Grimms gesammelten Werken – ein interessanter Gedanke. Beinah hätte ich hysterisch gekichert. In Ermangelung einer Alternative klemmte ich mir den Wälzer unter den Arm und tastete mich die Treppe hinauf.

Die schmale Tür, die zum Dachboden führte, stand einen Spaltbreit offen. Vorsichtig schob ich sie weiter auf und versuchte, einen Blick ins Zimmer zu erhaschen. Fahl schien das Mondlicht durch die Dachluke, aber alles, was ich erkennen konnte, waren formlose Umrisse gestapelter Gegenstände. Mein Herz hämmerte, ich hielt die Luft an.

Dort! Ein Schatten bewegte sich direkt gegenüber der Tür. Reflexartig riss ich das schwere Buch hoch und warf damit. Es polterte zu Boden, begleitet von einem empörten Maunzen.

»Aristoteles?«

Meine Hand tastete nach einem Lichtschalter und wurde tatsächlich fündig. Eine angestaubte Glühbirne, die in ihrer Fassung von der Decke baumelte, spendete so helles Licht, dass ich im ersten Moment die Augen zusammenkneifen musste. Sobald ich wieder etwas erkennen konnte, suchte ich den Raum nach dem vermeintlichen Einbrecher ab. Aber mir war längst klar, dass ich mich von meinem Kater hatte hereinlegen lassen.

»Aristoteles?« Mit eingezogenem Schwanz kam er hinter einer großen Holztruhe hervor. »Komm«, lockte ich und kniete mich auf den staubigen Boden. Aristoteles humpelte näher und ich begriff, dass sein bandagiertes Bein ihm die Beweglichkeit genommen hatte und er vermutlich bei dem Versuch, auf die Truhe zu springen, gescheitert war. Das war das Poltern gewesen, das mich geweckt hatte.

»Blöder Kater«, schimpfte ich liebevoll, während ich ihn zwischen den Ohren kraulte. »Was hattest du denn mitten in der Nacht hier oben zu suchen? Du solltest brav auf dem Sofa liegen und deine Wunden kurieren, aber ganz sicher nicht auf Mäusejagd gehen!«

Aristoteles schmiegte sich so heftig an mein Bein, dass ich aus dem Gleichgewicht geriet und umkippte. Ich lachte leise.

Nachdem nun der Schreck überwunden war, siegte meine Neugier und ich sah mich in Ruhe um. Die dunklen Umrisse entpuppten sich als Möbel. Wunderschöne alte Möbelstücke aus glänzendem, fast schwarzem Holz. Ein Tisch, vier Stühle, eine Vitrine, ein Sofa mit dunkelrotem Samtbezug sowie die große Truhe. Dazwischen stapelten sich kleinere Gegenstände: Lampen, ein Spiegel, eine Garderobe, Bilderrahmen mit verträumten Aquarelllandschaften. Auf allem lag eine dicke Staubschicht.

Ich staunte. Das mussten die Dinge sein, mit denen sich Sybilla Maternus – die »Hexe« – umgeben hatte. Und Ortsvorsteher Sauer hatte sie auf den Dachboden verbannt, bevor er das Ferienhaus mit all seinen Scheußlichkeiten einrichtete.

»Und was ist in dieser Truhe, die dich so interessiert hat?«, fragte ich den Kater, während ich bereits die wenigen Schritte zu der großen Holzkiste hinüberging. Aristoteles folgte mir ebenso neugierig. Ich nahm ihn vom Boden und setzte ihn auf den mit Schnitzereien verzierten Deckel, damit er die Aussicht genießen konnte. Doch nach wenigen Minuten wurde meine Neugier so groß, dass ich den Kater wieder herunternahm und den schweren Deckel anhob. Fast wäre er mir aus den Händen gerutscht, weil ich das Gewicht falsch eingeschätzt hatte. Staub wirbelte auf und brachte mich zum Niesen.

Als sich meine Nase beruhigt hatte, riskierte ich einen Blick in die Truhe und staunte: Bücher. So viele! Und nicht einfach irgendwelche billigen Groschenhefte. Es waren dicke, in Leder gebundene Bände, denen man ihr hohes Alter ansehen konnte. Was mochte zwischen diesen Buchdeckeln stecken? Vorsichtig nahm ich den ersten Band heraus und schlug ihn auf. Die Seiten waren gelblich und das Papier fühlte sich fester an, als ich es von Büchern gewöhnt war. Und die Schrift war ebenfalls anders, bauchig und zugleich kantiger als unsere Buchstaben. Das musste Frakturschrift sein. Wow, dieses Buch war wirklich alt.

Eines nach dem anderen nahm ich die schweren Werke heraus, blätterte darin, legte sie dann aber zur Seite. Es fiel mir schwer, die Wörter zu entziffern und was ich lesen konnte, interessierte mich nicht besonders. Es waren allesamt Bücher über Pflanzen und Pilze. Frauen, die als Hexen verschrien waren, seien meist kräuterkundig gewesen, hatte Paul mir erklärt. Mein Fund bestätigte seine Vermutung.

Gerade wollte ich die Bücher zurückräumen, als mir ein Stapel kleinerer Exemplare auffiel, kaum dicker als Schulhefte, aber ebenfalls in Leder gebunden, die abgegriffen wirkten und von Tintenflecken geziert wurden. Ich zog das oberste Büchlein heraus und begann, darin zu blättern. Es war ein Tagebuch.

Die Schreiblinien waren mit einer geraden, gestochenen Handschrift gefüllt, über jeder Eintragung war ein Datum vermerkt. Ich zögerte. Sollte ich das Buch zurücklegen? Immerhin handelte es sich um etwas sehr Persönliches. Andererseits war die Verfasserin seit mehreren Jahren tot. Meine Neugier behielt die Oberhand.

20. Mai 1990: Die Arnika blüht. Das wurde Zeit. Mein Vorrat ist beinahe aufgebraucht, werde morgen in aller Frühe aufbrechen und sammeln.

Schon wieder Pflanzen! Hatte sich Sybilla Maternus für nichts anderes interessiert? Ich blätterte weiter.

27. Mai 1990: W. klagt über Blähungen, Tee aus Anis, Kümmel und Fenchel gemischt, zwei Liter pro Tag. Sollte weniger fettes Fleisch essen, ist aber uneinsichtig wie eh und je.

Ich grinste. Wer mochte dieser W. sein, der lieber seine Mitmenschen mit schlechter Luft plagte, als auf den Braten zu verzichten? Schnell blätterte ich einige Seiten weiter.

30. September 1990: S. leidet wieder unter Wehenschmerz, dieses Mal bereits in der sechsten Woche nach Ausbleiben der Blutung. Habe ihr einen Sud aus Gänsefingerkraut empfohlen, aber kaum Hoffnung machen können. Der Körper bräuchte Ruhe ...

Paul hatte offenbar recht gehabt. Die Dorfbewohner waren mit all ihren medizinischen Problemen zu dieser »Hexe« gekommen. Ob sie sich der Kräuterfrau wohl auch mit anderen Sorgen anvertraut hatten? Plötzlich kam mir eine Idee: Was, wenn Sybilla Maternus tatsächlich etwas über die Ereignisse vor dreißig Jahren gewusst hatte?

Schnell legte ich das Heft, in dem ich gerade geblättert hatte, zur Seite und suchte in dem Stapel nach dem richtigen Tagebuch. Nach drei Fehlgriffen wurde ich schließlich fündig. Hektisch blätterte ich zum passenden Zeitraum. Da!

15. Juni 1982: Schlafmittel für B. hergestellt (Baldrianwurzel, Hopfenzapfen, Passionsblumenkraut). Sie wollte mir nicht sagen, warum sie es braucht, wirkte aber traurig.

18. Juni 1982: Es regnet. Niederschlag so hoch wie selten um diese Jahreszeit.

19. Juni 1982: Heute Sommerfest. Habe Pfefferminzöl gegen Kopfschmerzen vorbereitet, aber vermutlich hilft den Brummköpfen wieder nur Aspirin. Wegen der vielen Verbrennungen letztes Jahr halte ich Leinsamen- und Lavendelöl bereit. Will selbst nicht zum Festplatz gehen. Das Spektakel schreckt mich ab.

20. Juni 1982: Feuer! Feuer im Wald. Das verlassene Haus ist abgebrannt. Ich war doch beim Fest, sodass ich den Brand nicht bemerken konnte. Was für eine Katastrophe. Die Jugendlichen haben tief geschlafen. Ein Glück, dass in der Nacht wieder der starke Regen eingesetzt hat, so ist uns ein Waldbrand erspart geblieben.

Ich blätterte eilig um. Meine Augen hingen wie gebannt an der Schrift. Durch die Aufzeichnungen von Sybilla Maternus schien die Vergangenheit näher zu rücken.

21. Juni 1982: Immer noch Regen, ich bleibe im Haus. S. war hier und berichtet, dass B. und R. verschwunden sind. Habe mir schon etwas in der Art gedacht, nachdem B. neulich so nachdenklich wirkte.

22. Juni 1982: Herrgott hilf! Was für schreckliche Wunden, was für eine schreckliche Geschichte! Weiß nicht, ob meine Mittel dafür reichen. Aber er weigert sich, ins Krankenhaus zu gehen. Tue mein Bestes.

Die Schrift wirkte mit einem Mal fahrig, wie in Eile hingekritzelt. Mit beiden Händen umklammerte ich das Heft. Was hatte das zu bedeuten? Ich schlug die Seite um, doch diese Eintragung war die letzte.

Mist! Was war bloß passiert an diesem Tag vor dreißig Jahren? Ich kramte in der Truhe nach dem nächsten Band, aber obwohl ich jedes einzelne Tagebuch hervorzog und durchblätterte, konnte ich nicht das richtige finden.

Kapitel 13

Ich hab etwas gefunden«, begrüßte ich Paul am nächsten Morgen, als er gegen sieben Uhr in die Küche kam, wo ich bereits seit zwei Stunden saß und mich an der fünften Tasse Kaffee festhielt. Das Koffein verstärkte meinen Zustand innerer Unruhe noch, ich fühlte mich hibbelig, jedoch ohne richtig wach davon zu werden.

»Da.« Mit dem Zeigefinger deutete ich auf den Stapel in Leder gebundener Tagebücher, die ich vom Speicher heruntergetragen hatte. In den letzten zwei Stunden hatte ich sie von vorne bis hinten durchgearbeitet, aber keinen weiteren Hinweis auf die Ereignisse entdeckt, die mich so brennend interessierten.

»Guten Morgen erst mal«, erwiderte mein Vater, doch als er den Bücherstapel entdeckte, zeichnete sich gespanntes Interesse auf seinem Gesicht ab. »Was ist das?«

»Das«, sagte ich, »sind die Tagebücher der Hexe.« Ich

wollte eigentlich, dass es ironisch klang, aber so ganz gelang mir der Scherz nicht. Fragend kniff Paul die Augen zusammen und griff das oberste Buch vom Stapel.

»Sybilla Maternus«, schob ich hinterher. »Du hattest recht. Sie war offenbar wirklich eine Art Kräuterfrau hier im Ort. Zumindest schließe ich das aus ihren Aufzeichnungen, die ich oben auf dem Dachboden gefunden habe.«

Ich unterdrückte ein Gähnen und trank noch einen Schluck Kaffee. Bäh! Der war inzwischen kalt geworden. Währenddessen blätterte Paul mit immer größer werdender Faszination durch die dünnen Bücher.

»Wo hast du die gefunden?«, fragte er schließlich. »Auf dem Dachboden? Was hast du denn da oben verloren?«

Ich zuckte nur mit den Schultern. Die Geschichte von dem vermeintlichen Einbruch wollte ich Paul lieber nicht erzählen, denn sie war mir zu peinlich. Stattdessen zog ich das Buch aus dem Stapel, in dem Sybilla Maternus über die Ereignisse vor dreißig Jahren berichtet hatte, und zeigte meinem Vater die entsprechenden Stellen.

»Hier, der Brand. Erinnerst du dich? Wir haben gestern darüber gesprochen.«

»Natürlich erinnere ich mich.« Wieder kniff mein Vater die Augen zusammen. (Vielleicht brauchte er eine Brille?) Konzentriert las er die wenigen Sätze, aus denen ich einfach nicht schlau wurde.

»Das klingt aufregend«, stellte er schließlich fest. »Aber erklären kann ich es mir ehrlich gesagt nicht.«

Ich seufzte frustriert. Ein wenig Hoffnung hatte ich schon gehabt, dass mein Vater mit den Einträgen mehr anfangen konnte als ich.

»Jetzt frühstücken wir erst einmal in Ruhe und dann fahren wir nach Dillingen. Um neun öffnet das Archiv, vielleicht wirst du dort fündig«, versuchte er mich zu trösten. »Kaffee?«

Ich nickte resigniert. Eine Tasse mehr würde wohl kaum noch größeren Schaden anrichten können.

Ich weiß nicht, was genau ich mir eigentlich unter dem *Archiv* vorgestellt hatte – aber als wir schließlich dort ankamen, war ich ein bisschen enttäuscht. Es handelte sich um einen einzigen, nicht allzu großen Raum in der städtischen Bücherei, vollgestellt mit grauen Metallregalen, auf denen sich Aktenordner an Aktenordner reihte, in anderen drängten sich dicke Bücher.

Dazwischen standen zwei wackelige Tische mit jeweils zwei Stühlen sowie ein Stehtisch, auf dem sich doch tatsächlich ein Computer befand: Marke uralt und mit eingeschränktem Internetzugang, wie ich schnell feststellte. Einzig die städtische Informationsseite sowie die Katalogseite der Bücherei ließen sich darüber nutzen.

»Und jetzt?«, fragte ich Paul, der gerade dabei war, sich an einem der Wackeltische häuslich einzurichten. Er packte eine Schreibkladde, seinen Laptop und einen so großen Stapel Akten auf den Tisch, dass ich mich fragte, wie er all diese Sachen in seinen Koffer bekommen hatte. Dann suchte er sich eine Steckdose für das Kabel seines Rechners und schenkte mir endlich seine Aufmerksamkeit.

»Jetzt suchst du im Katalog nach Artikeln, die dich interessieren.«

Mit einem fragenden Blick wies ich auf den Computermonitor, der mit flackerndem Bildschirmschoner einsam auf dem Stehtisch stand. Doch Paul schüttelte den Kopf.

»Nein, dort drüben.« Er zeigte mir einen hohen Holzschrank mit fünf mal zehn kleinen Schubladen. Verwundert zog ich die erste auf – und erblickte Karteikarten. Auf jedem der gelben Kärtchen waren mit Schreibmaschine Stichworte und Zahlen notiert. Leider ergab nichts davon für mich Sinn. Es kam mir vor wie ein Code, den nicht einmal ein Spezialist vom Geheimdienst würde entschlüsseln können.

»Und wie funktioniert das?«, wandte ich mich an Paul. Doch mein Vater war bereits hinter einem der Regale verschwunden.

»Kann ich dir weiterhelfen?«

Ich zuckte zusammen. Aus einer Tür direkt neben dem Karteikartenschrank trat ein älterer Herr mit Hornbrille und überkämmter Halbglatze. Er musterte mich wie einen Eindringling in sein Allerheiligstes, wahrscheinlich war es genau das, was sein Archiv für ihn bedeutete. Und vermutlich war ich – von Paul mal abgesehen – der einzige Mensch, der es seit geraumer Zeit gewagt hatte, seine Ruhe zu stören.

»Ich suche Informationen über ein Ereignis vor dreißig Jahren«, erklärte ich möglichst selbstbewusst.

»Aha. Und was für ein Ereignis soll das sein?« Der Mann musterte mich noch immer abweisend.

»Ein Brand. Im Wald bei Bixdorf«, konkretisierte ich und stützte die Arme in die Seiten, um dem Archivar zu signalisieren, dass ich nicht so schnell locker lassen würde. Tatsächlich wich sein ablehnender Ausdruck einer besserwisserischen Miene. Er schien es zu genießen, dass er mehr wusste als ich.

»Soso. Dann solltest du dir wohl am besten die Zeitungsausgaben aus dem entsprechenden Zeitraum vornehmen.«

»Und wo finde ich die?«, fragte ich bemüht höflich.

»Haben wir alles auf Mikrofiche«, erklärte der Archivar, und zog die Plastikabdeckung von einem Gerät, das auf der anderen Seite der Tür auf einem Tisch stand: ein vorsintflutlich anmutender Apparat mit riesigem Bildschirm. Dabei klang der Mann, als würde er mir die Wunder der modernsten Technik erläutern.

»Wann genau soll das denn passiert sein?«

Ich nannte ihm das Datum und der Archivar begann, in den untersten Schubladen des Karteikartenschranks zu kramen. Schließlich zog er eine Plastikkarte heraus, schob sie in das Gerät und schaltete es ein.

»Hier kannst du die Ausschnitte verschieben und vergrößern«, wies er mich knapp in die Handhabung ein. »Sei vorsichtig. Und ruf mich, wenn du fertig bist.« Er verschwand wieder durch die Tür und ich setzte mich vor den Apparat.

Im ersten Moment konnte ich nichts erkennen. Weiße Buchstaben tanzten über schwarzen Grund, ich drehte an den Einstellungen. Zu klein, zu groß, unscharf. Endlich hatte ich ein lesbares Dokument vor mir.

Es handelte sich um die komplette erste Seite der örtlichen Zeitung, das Erscheinungsdatum fand ich am oberen Rand: 21. Juni 1982. Und die Überschrift des Aufmachers lautete:

Brand im Wald fordert Todesopfer.

Volltreffer! Ich las weiter.

Ein verheerender Brand in der Nacht auf Sonntag in einem Haus im Wald bei Bixdorf hat mindestens ein Todesopfer gefordert. Das Feuer brach aus bislang ungeklärter Ursache in dem verlassenen Gebäude aus, während sich die Bixdorfer Dorfgemeinschaft zum traditionellen Sommerfest versammelt hatte. Nach bisherigen Erkenntnissen hatte auch von den Jugendlichen, die sich zu dieser Zeit in der Nähe des Hauses im Wald aufhielten, keiner etwas von dem Brand bemerkt. Nur den andauernden Regenfällen der letzten Zeit ist es zu verdanken, dass das Feuer nicht auf den umliegenden Wald übergreifen konnte. Um wen es sich bei der Leiche handelt, die die Brandermittler der Kriminalpolizei in dem vollständig ausgebrannten Haus gefunden haben, ist ebenfalls bislang ungeklärt. Allerdings werden zwei der Jugendlichen, ein Junge und ein Mädchen, noch immer vermisst. Eventuelle Zeugen, die etwas zur Aufklärung der Brandursache beitragen oder Auskunft über den Verbleib der Jugendlichen geben können, werden gebeten, sich mit der örtlichen Polizei in Verbindung zu setzen.

Darunter befanden sich eine Telefonnummer und mehrere Fotos, allerdings konnte ich durch die verdrehte Schwarz-Weiß-Optik des Mikrofiches kaum etwas darauf erkennen. Das größere zeigte die Ruine des Hauses im Wald sowie einige Personen, vermutlich Polizisten. Auf den beiden kleineren Bildern waren die Köpfe von zwei Jugendlichen zu sehen, *Britta D.* stand unter dem ersten und *Robert M.* unter dem zweiten.

Ich lehnte mich zurück und schloss für einen kurzen Moment die Lider. Noch immer sah ich die weißen Buchstaben vor meinen Augen flackern. Britta und Robert. So hießen die beiden Jugendlichen also. Der erste Name war nun schon mehrmals aufgetaucht. Auf dem Grabstein mit den beiden Engelsflügeln. In dem alten Kirchenbuch. Und zuletzt – abgekürzt als B. – in den Tagebuchaufzeichnungen, die ich auf dem Dachboden gefunden hatte. Der andere Name war mir neu.

Doch was brachte mir das? Rein gar nichts, musste ich mir eingestehen. Ich öffnete die Augen und konzentrierte mich auf den Bildschirm. Vorsichtig verschob ich den Mikrofiche. Nach kurzer Zeit wurde ich wieder fündig. Zwei Tage später war erneut ein Artikel über den Brand in der Zeitung erschienen. Unter der Überschrift

Tote im Wald identifiziert

war dort zu lesen:

Bei der Toten, die die Ermittler in der Brandruine im Wald bei Bixdorf gefunden haben, handelt es sich nach den Ergebnissen der Obduktion eindeutig um die vermisste Britta D. (17). Wie die Polizei weiter mitteilt, konnten keine Hinweise darauf gefunden werden, dass äußere Gewalteinwirkung zum Tode des Mädchens geführt haben könnte. Nach dem bisherigen Stand der Ermittlungen brach das Feuer im Obergeschoss des Hauses aus, wo sich Britta D. zu diesem Zeitpunkt aufhielt. Nach dem zweiten Jugendlichen, Robert M., wird weiterhin gefahndet. Die Polizei bittet um Mithilfe möglicher Zeugen.

Genervt schüttelte ich den Kopf. Was ich in den alten Zeitungsartikeln las, half mir einfach nicht weiter. Die meisten Informationen kannte ich bereits. Und alles andere schien rein gar nichts mehr mit dem Problem zu tun zu haben, das mich beschäftigte. Warum war ich bloß mit in dieses Archiv gefahren? Die Suche hier war reine Zeitverschwendung!

Ich sah mich nach Paul um, der mittlerweile mit einem Stapel Bücher und Akten an seinen Arbeitstisch zurückgekehrt war und in seine Arbeit versunken zu sein schien. Das konnte dauern. Resigniert wandte ich mich wieder dem Lesegerät zu und schob den Mikrofiche weiter.

Es dauerte eine Weile, bis ich den nächsten Artikel fand. Er war erst eine Woche später erschienen und trug die Überschrift:

Abschied von Britta D.

Mit einem feierlichen Gottesdienst haben die Bewohner des Ortes Bixdorf von der verstorbenen Britta D. (17) Abschied genommen. Ortsvorsteher Wilibald Sauer sprach in seiner bewegenden Rede von einem »herben Verlust für die Familie und für die ganze Dorfgemeinschaft«. Das Mädchen sei eine sehr gute Schülerin gewesen und habe sich bereits in jungen Jahren bei den Aktivitäten des Ortes engagiert. Nun habe sie ein »tragischer Unfall« viel zu früh aus dem Leben gerissen. Britta D. wurde auf dem Friedhof des Ortes beigesetzt.

Der Verbleib des zweiten Jugendlichen, Robert M., ist noch immer ungeklärt. Der Vollwaise, der als Pflegesohn in der Familie des Ortsvorstehers lebte, soll laut seinem Pflegebruder in der letzten Zeit davon geredet haben, dass er plante, den Ort zu verlassen. Die Polizei bittet weiterhin um die Mithilfe von Zeugen, die Auskunft über den Verbleib des Jungen geben können.

Auch unter diesem Artikel befanden sich zwei Fotos. Das erste zeigte, soweit ich es erkennen konnte, den Friedhof von Bixdorf, wo sich eine große Menge Menschen versammelt hatte. *Das ganze Dorf nimmt Abschied von Britta D.*, war in der Bildzeile zu lesen. Auf dem zweiten Bild war nur eine einzelne Person abgebildet, ein Mädchen mit langen Haaren, die neben einer (im Mikrofiche schwarzen) Skulptur posierte. Darunter stand: *Letzter Liebesbeweis für die Schwester: Sabine D. (13) hat den Grabstein selbst gestaltet.*

Die Engelsflügel. Ich erinnerte mich gut, dass mich dieser Grabstein sofort berührt hatte. Gleichzeitig fand ich es ein bisschen pietätlos, ein Bild davon in der Zeitung abzudrucken. Aber gut. Wenn dieses Mädchen nichts dagegen gehabt hatte ...

Ich lehnte mich so weit vor, dass meine Nasenspitze beinahe den Bildschirm berührte, um etwas mehr auf dem Foto erkennen zu können. Von dem geformten Stein wanderte mein Blick zum Gesicht des Mädchens. Etwas darin kam mir bekannt vor. Aber ich konnte mich auch täuschen, denn die Aufnahme war wirklich sehr schlecht.

Langsam arbeitete ich mich weiter durch den Mikrofiche. Doch ich wurde nicht mehr fündig. Diese drei Artikel schienen die einzigen zu sein, die damals in der örtlichen Presse über das Unglück im Wald erschienen waren.

Irgendwann lehnte ich mich müde zurück, meine Augen brannten vom Schlafmangel und dem unablässigen Starren auf den Bildschirm. Ich war enttäuscht und ärgerte mich gleichzeitig über mich selbst. Was hatte ich denn erwartet? Ein Interview mit der Waldhexe, in dem sie ihre Beteiligung an dem Brand eingestand?

Wieder sah ich zu Paul hinüber und stellte dankbar fest, dass mein Vater gerade dabei war, seine Sachen zusammenzupacken.

»Bist du fertig?«, fragte er.

Ich nickte erleichtert.

»Fündig geworden?«

Ich schüttelte den Kopf.

Wie aus dem Nichts tauchte plötzlich der grantige Archivar auf und machte sich an dem Mikroficheleseregerät zu schaffen. Mein Vater wuchtete seinen Koffer vom Tisch und bedankte sich höflich.

»Magst du ein Eis?«, erkundigte Paul sich im Hinausgehen bei mir.

Mein Magen grummelte und erinnerte mich daran, dass ich außer sechs Tassen Kaffee noch nichts zu mir genommen hatte.

»Warum nicht«, antwortete ich und meine Laune hob sich ein bisschen bei der Aussicht auf eine Portion Spaghettieis mit extra viel Erdbeersoße.

Erst als wir vor der kleinen Eisdiele saßen und ich den letzten Löffel rot gefärbter Eis-Sahne-Matsche vom Teller kratzte, fiel mir ein, weshalb mir das Gesicht auf dem Foto so bekannt vorgekommen war: Es war ein Marmorgesicht. Schön, hart und traurig.

»Ich glaube, ich habe doch etwas entdeckt«, sagte ich zu Paul.

Kapitel 14

Ich saß auf dem Sofa und dachte nach.

Vielleicht half es ja, wenn ich das ganze Problem so logisch anging wie meine mathematischen Gleichungen. Also, was wusste ich?

Ich wusste, dass Johannes verschwunden war.

Nein, eigentlich wusste ich das nicht. Ich hatte nur das sichere Gefühl, dass es so sein musste. Und diese Sicherheit geriet immer stärker ins Wanken, je häufiger ich darüber nachdachte. Denn worauf begründete sich das Gefühl? Ausschließlich darauf, dass ich glaubte, Johannes hätte mir von diesem Sommerkurs erzählt, zu dem er angeblich gefahren war.

Aber das hätte er vermutlich nur getan, wenn ich ihm etwas bedeutete. Und was, wenn dem gar nicht so war? Wenn er meine Gefühle (meine verwirrenden, komischen, heftigen Gefühle) nicht erwiderte ...

Mist! Schon wieder Gefühle. So kam ich nicht weiter. Diese Gleichung hatte eindeutig zu viele Unbekannte!

Denken, Greta, ermahnte ich mich. *Logisch denken.*

Was wusste ich noch? Vor dreißig Jahre hatte es einen Brand gegeben. Genau in der Nacht des Sommeropfers. Zwei Jugendliche waren verschwunden. Eine davon war tot, der andere vermutlich abgehauen. Aber warum? Und was sollte das alles mit Johannes' Verschwinden zu tun haben?

Gar nichts, dachte ich. Aber dann erschien wieder das Marmorgesicht in meinem Kopf. Dieses Gesicht, das heute einer erwachsenen Frau gehörte ...

Es klopfte an der Haustür. Zaghaft zunächst, dann etwas kräftiger. Besuch? Im Hexenhaus? Jetzt am späten Abend?

»Ich geh schon«, rief Paul aus der Küche. Ich hörte seine Schritte im Flur, die Haustür wurde geöffnet.

»Guten Abend.« Mein Vater klang überrascht. »Kann ich Ihnen helfen?«

Ich lauschte neugierig.

»Ich ...«, hörte ich eine leise Frauenstimme. Und dann ein Schluchzen.

»Kommen Sie erst mal rein«, erklärte Paul energisch. Ich hörte die Tür zuschlagen, wenige Sekunden später schob mein Vater unsere Besucherin ins Wohnzimmer. Sie wirkte aufgelöst, ihre langen Locken hingen strähnig vom Kopf, die Schultern hatte sie hochgezogen und über ihr Marmorgesicht rannen Tränen.

»Frau Sauer!«, sagte ich mindestens so überrascht wie Paul und sprang von meinem Sessel auf. Gerade eben hatte ich noch an sie gedacht, oder besser gesagt an das dreizehnjährige Mädchen, das sie vor vielen Jahren gewesen war. Und jetzt stand Johannes' Mutter plötzlich in unserem hässlichen Wohnzimmer.

»Greta, hallo«, begrüßte Sabine Sauer mich mit ihrer leisen Stimme und versuchte, mit dem Ärmel ihrer grauen Strickjacke die Tränen von den Wangen zu wischen, wobei ihr sorgfältiges Make-up verschmierte.

»Setzen Sie sich, bitte.« Paul wies auf das grüne Sofa. »Und dann erzählen Sie in aller Ruhe, was Sie zu uns führt.«

Zu meinem Erstaunen schien mein Vater absolut Herr der Lage zu sein. Vielleicht erinnerte die Situation ihn an Studenten mit Prüfungsangst oder etwas Ähnliches, mit dem er tagtäglich zu tun hatte.

Ich hingegen hatte das Gefühl, dass mir jemand eine Spritze Adrenalin verabreicht hatte. Mein ganzer Körper befand sich in Alarmbereitschaft, seit Sabine Sauer in dieses Zimmer gekommen war.

Johannes' Mutter setzte sich auf die vordere Kante des Sofas, genau wie sie auch auf dem Stuhl in ihrer eigenen Küche gesessen hatte. Es wirkte, als wolle sie jeden Moment wieder aufspringen. Mein Vater nahm neben ihr Platz und legte ihr mit einer beruhigenden Geste seine große Hand auf den dünnen Arm.

»Können wir Ihnen etwas zu trinken anbieten?«

Statt einer Antwort begann Sabine Sauer wieder zu schluchzen und weitere Tränen liefen ihr über das Gesicht. Doch dann nickte sie.

»Ein Tee wäre schön.«

Tee. Natürlich. Paul sah mich auffordernd an.

»Ich geh schon«, sagte ich, obwohl ich lieber geblieben wäre, um zu hören, warum Frau Sauer so aufgelöst war.

Die Teevorräte, die ich in einem der Küchenschränke entdeckte, waren bescheiden. Mein Vater und ich bevorzugten beide Kaffee. Außer Pauls Salbeitee, den er zum Gurgeln benutzte – und den ich für absolut ungenießbar hielt – fand ich nur eine zerdrückte Packung Fencheltee. Keine Ahnung, wer den hier vergessen hatte.

Während der Wasserkocher pfeifend und brodelnd das Wasser zum Sieden brachte, hatte ich keine Chance, über den Lärm hinweg zu verstehen, was im Wohnzimmer geredet wurde. Schnell goss ich das dampfende Wasser in einen Becher, hängte einen vertrocknet aussehenden Teebeutel hinein und rührte ordentlich Zucker dazu.

»Ich weiß nicht, wohin ich gehen soll.« Sabine Sauer weinte noch immer, als ich ins Wohnzimmer zurückkehrte. Paul hatte irgendwoher ein Taschentuch organisiert und sie tupfte sich damit über ihre schwarz umrandeten Augen.

Ich beugte mich herunter, um die Tasse vor ihr abzustellen, und Frau Sauer nickte mir dankbar zu. Dabei erhaschte ich für einen kurzen Moment einen Blick auf ihr Gesicht. Unter dem verwischten Make-up meinte ich zu erkennen, dass die Haut auf einem der Wangenknochen bläulich verfärbt war. Ich stolperte rückwärts und ließ mich in den Sessel fallen. Keiner der Erwachsenen erhob Einwände, also beschloss ich, zu bleiben, machte mich aber sicherheitshalber in dem Sessel so klein wie möglich, um nicht weiter aufzufallen.

»Er ist ins Dorfeck gegangen«, erklärte Sabine Sauer unter leisen Schluchzern. »Das ist die Kneipe in Bixdorf.«

»Ihr Mann, meinen Sie?«, hakte Paul nach.

Frau Sauer nickte stumm. Doch dann schien sie sich einen Ruck zu geben. Sie hob den Kopf und atmete tief durch.

»Seit gestern hat er schrecklich schlechte Laune. Erst hab ich gedacht, es liegt am Alkohol. Er hatte beim Sommerfest viel getrunken, so wie alle. Und sicher hatte er gestern Morgen einen dicken Kopf. Da wird er schon mal unleidlich, das kenne ich.« Sie schlang die Arme um ihren Oberkörper, wie um sich selbst zu wärmen. Der Tee stand unberührt auf dem Tisch.

»Aber seit Ihre Tochter, seit Greta uns besucht hat ...«, sie blickte in meine Richtung und ich versank noch ein Stück tiefer in dem Sessel, »... seither ist er unberechenbar.«

Paul drückte ihren Arm. Sie lächelte matt.

»Ich weiß ja, dass Martin keinen Besuch mag. Er

schätzt es nicht, wenn alle mit ihren Problemen zu uns kommen, sagt er immer. Ihm reicht es, dass er sich das den lieben langen Tag bei der Arbeit anhören muss. Deshalb ist es bei uns in der Regel sehr ruhig. Aber als Greta gestern vor der Tür stand, da sah sie so unglücklich aus. Und ich dachte, dass ihr eine Tasse Tee guttun würde.«

Ihre eigenen Worte erinnerten Sabine Sauer an die Tasse vor ihr auf dem Tisch und sie griff danach. Doch anstatt davon zu trinken, zog sie mehrmals gedankenverloren den Teebeutel heraus und ließ ihn wieder in die Tasse gleiten. Schließlich stellte sie diese weg.

»Gestern war mein Mann dann den ganzen Tag unterwegs. Wahrscheinlich hat er beim Aufräumen geholfen. Ich weiß es nicht. Als er abends kam, hatte ich sein Lieblingsgericht gekocht. Aber er hat es gar nicht erst angerührt. Und dann haben wir gestritten. Weil ich ihn gefragt habe, was für ein Sommerkurs das ist, zu dem Johannes gefahren ist.«

Ich rutschte unruhig auf dem Sessel hin und her. Vor lauter Anspannung hatte ich angefangen, an meinem Daumennagel zu knabbern. Sabine Sauer sah von mir zu meinem Vater, als wollte sie abschätzen, ob wir sie verstanden.

»Wissen Sie, mein Verhältnis zu meinem Sohn ist nicht sehr eng. Ich glaube, bei uns zu Hause lebt jeder in seiner eigenen Welt.« Hilflos zuckte sie mit den Schultern, doch Paul nickte verständnisvoll. Auch ich begriff, was Sabine Sauer damit meinte. Und obwohl ich manchmal etwas Ähnliches über meinen Vater und mich dachte, wurde mir in diesem Moment bewusst, dass ich es im Grunde gar nicht so schlecht mit ihm getroffen hatte.

»Mein Mann hat mich geschlagen«, fuhr Sabine Sauer sehr leise fort. Unbewusst fasste sie mit den Fingerspitzen an ihre Wange. »Hin und wieder rutscht ihm die Hand aus, wenn er sehr wütend ist. Meistens ist es nicht so schlimm. Aber manchmal ...«

»Sie sollten sich Hilfe suchen«, ergriff Paul das Wort, beruhigend, aber auch bestimmt. Vorsichtig strich er Sabine Sauer über den Arm, bis seine Hand auf ihrer zum Liegen kam.

Ich kam mir plötzlich sehr fehl am Platz vor. Diese ganze Unterhaltung war eigentlich nichts, was ich hören sollte, dachte ich. Gleichzeitig konnte ich jetzt unmöglich den Raum verlassen. Ich musste einfach wissen, was danach passiert war.

Doch Sabine Sauer schien Pauls Worte gar nicht gehört zu haben. Wie in Trance erzählte sie weiter.

»Heute war Martin noch schlechter gelaunt. Nichts konnte ich ihm recht machen. Und bevor er vorhin ins Dorfeck aufgebrochen ist, hat er mir gedroht. Heute Nacht kriegst du's, hat er gesagt. Und wenn er betrunken ist, dann kennt er keine Grenze mehr. Da hab ich gewusst, dass ich verschwinden muss. Weil er mir sonst etwas antut. Aber ich wusste ja nicht wohin. Es gibt doch niemanden mehr im Ort, zu dem ich gehen kann, seit meine Eltern tot sind. Alle anderen würden sofort anfangen zu reden. Es wird so viel getratscht. Ich musste an unser Gespräch denken, vorgestern beim Sommerfest. Sie haben gesagt, ich solle doch mal auf einen Kaffee vorbeikommen. Und deshalb bin ich hier. Weil ich nicht wusste, wohin ich sonst gehen soll ...«

Die Worte waren nur so aus ihr herausgesprudelt. Und als sie alle gesagt waren, starrte Sabine Sauer in die Luft.

»Sie haben das ganz richtig verstanden«, erwiderte Paul. »Sie können natürlich immer bei uns vorbeikommen. Heute Nacht bleiben Sie jedenfalls erst einmal hier. Und morgen schauen wir dann weiter. Bei Tageslicht betrachtet findet sich sicher eine Lösung.«

Ich saß stocksteif im Sessel. Auf meiner zerbissenen Daumenkuppe bildete sich ein kleiner Blutstropfen. Ich lutschte ihn ab. Ich war geschockt von dem, was Sabine Sauer erzählt hatte, obwohl ich den Verdacht, Johannes' Vater könnte seiner Familie gegenüber gewalttätig sein, ja schon vorher gehört hatte. Aber eine Vermutung war etwas ganz anderes, als mit der Wahrheit konfrontiert zu werden. Plötzlich verstand ich, warum Johannes sich gewünscht hatte, so weit wie möglich von Bixdorf fortzukommen.

Wieder überlegte ich, dass es jetzt Zeit wäre, aufzustehen und auf mein Zimmer zu gehen. Aber wieder hielt mich etwas zurück. Eine Frage, die ich mir seit meiner

Entdeckung im Archiv gestellt hatte. Mir war klar, dass es in diesem Moment sicher unpassend und unhöflich war, Sabine Sauer damit zu löchern. Aber ich musste es einfach wissen.

»Darf ich Sie etwas fragen?«, erkundigte ich mich deshalb vorsichtig.

Paul sah mich überrascht an, wahrscheinlich hatte er tatsächlich vergessen, dass ich noch immer in dem Sessel saß. Auch Frau Sauer schaute zu mir, ihre Tränen waren getrocknet und hatten lange schwarze Streifen auf ihren Wangen hinterlassen. Sie nickte fast unmerklich.

»Das Mädchen, das damals bei dem Brand im Wald ums Leben gekommen ist, Britta, war das ihre Schwester?«

»Greta«, ermahnte mich mein Vater. »Meinst du nicht, dass es etwas unhöflich ist, Frau Sauer damit jetzt zu belästigen?«

Aber Sabine Sauer winkte ab und nickte.

»Ja, Britta war meine Schwester«, antwortete sie. »Warum fragst du danach?«

Ich atmete tief durch. Wenigstens in diesem Punkt hatte ich die richtigen Schlussfolgerungen gezogen.

»Ich habe im Archiv ein altes Foto gefunden«, erklärte ich. »Und ich denke, dass Sie darauf abgebildet waren.«

Sabine Sauer lächelte schwach.

»Ach ja, der Grabstein. Britta war mein großes Vorbild, weißt du. Als sie damals starb, ist für mich eine

Welt zusammengebrochen. Ich wollte ihr etwas von mir geben, das uns für immer miteinander verbindet. Es war die erste Skulptur, die ich angefertigt habe. Und seitdem muss ich immer an meine Schwester denken, wenn ich einen Stein bearbeite.«

»Was ist denn damals eigentlich passiert?«, fragte ich, obwohl ich wenig Hoffnung hatte, dass Sabine Sauer mir mehr erzählen konnte, als ich bereits gehört oder gelesen hatte.

»Ich weiß es nicht«, antwortete sie dann auch. »Ich weiß es wirklich nicht. Was meinst du, wie oft ich mir diese Frage gestellt habe?« Sabine Sauer sah mich gar nicht mehr an, sie schien wieder in ihre eigene Welt abzutauchen, während vor ihrem inneren Auge vermutlich Bilder von damals abliefen.

»An dem Morgen, als sie nicht mit den anderen aus dem Wald kam, da habe ich zuerst gedacht: Jetzt ist sie abgehauen. Abgehauen mit Robert. Robert war Brittas große Liebe, musst du wissen. Aber er war natürlich nicht das, was meine Eltern sich für ihre Tochter vorstellten. Robert war ja nur der Pflegesohn vom Ortsvorsteher. Dabei hätte sie dessen ältesten Sohn, den Martin, haben können. Verlobt waren die beiden. Aber Britta wollte das nicht.«

Sabine Sauer redete leise, wie zu sich selbst. So, als hätte sie diese Geschichte schon tausendmal stumm erzählt. Ich lauschte angestrengt.

»Robert«, hakte ich ein. »War das nicht der Junge, der

verschwunden ist?« Aber Sabine Sauer schien mich gar nicht gehört zu haben.

»Als ich dann mitbekam, dass Robert auch verschwunden ist, war ich mir ganz sicher: Die beiden sind auf und davon. Aber dann haben sie Brittas Leiche gefunden. Und Robert war weg. Was hatte Britta bloß in dem alten Haus zu suchen? Und warum hat es da gebrannt? Einige haben gesagt: Der Robert hat das Haus angezündet. Aber warum hätte er das tun sollen? Ich weiß es nicht.«

Sabine Sauer atmete schwer. Müde fuhr sie sich mit der Hand über die Augen. Paul drückte bekräftigend ihre andere Hand und das schien sie in die Gegenwart zurückzuholen.

»Es ist so lange her«, sagte sie mit festerer Stimme. »Und ich war ja noch ein Kind. Die Polizei hat gesagt, dass alles ein Unfall war. Und so muss es wohl gewesen sein. Ich weiß es nicht. Jedenfalls habe ich den Martin Sauer dann ein paar Jahre später geheiratet. Weil unsere Eltern es so wollten.«

Ich hatte angestrengt zugehört und konzentrierte mich darauf, alle neuen Erkenntnisse an den richtigen Platz zu rücken. Martin Sauer, Johannes' Vater, war mit Britta verlobt gewesen, dem Mädchen, das vor dreißig Jahren in der Opfernacht verbrannt war. Aber Britta liebte Robert. Und die beiden waren verschwunden. Verschwunden wie Johannes!

Plötzlich machte es »klick« in meinem Kopf und ein winziges Detail rutschte an die passende Stelle.

»Frau Sauer«, sagte ich. »Sie haben erwähnt, dass Ihr Mann nach meinem Besuch so schlecht gelaunt war, oder?«

Sie nickte wieder.

»Erinnern Sie sich vielleicht auch, dass mit mir zusammen noch etwas anderes ins Haus gekommen ist?«

Sabine Sauer und mein Vater musterten mich beide fragend.

»Ein Brief«, sagte ich. »Ein Brief am Sonntagmorgen.«

Kapitel 15

Bist du sicher, dass dein Mann noch nicht zu Hause ist?«, fragte mein Vater.

Irgendwo auf der Fahrt vom Hexenhaus nach Bixdorf hatte Sabine Sauer erklärt, dass wir sie duzen sollten und mein Vater hatte das Angebot freudig erwidert. Ich fand es etwas komisch, Du zu Johannes' Mutter zu sagen, aber bisher hatte ich ohnehin keine Gelegenheit gehabt, mich weiter mit ihr zu unterhalten, denn Paul und sie hatten die ganze Fahrt über leise miteinander geredet.

»Wenn er ins Dorfeck geht, kommt er eigentlich nie vor Mitternacht zurück«, antwortete Sabine auf Pauls Frage.

Ich warf einen Blick auf die Digitaluhr im Armaturenbrett: 23.27. Das wurde knapp. Ich war überrascht gewesen, wie leicht Sabine und mein Vater sich hatten überzeugen lassen, dass wir den Brief suchen mussten. Aber auch sie schienen mittlerweile zu spüren, dass etwas an der ganzen Sache mit Johannes' Verschwinden faul war.

»Nicht hier entlang«, sagte Sabine eilig, als Paul auf den Dorfplatz abbiegen wollte. »Das ist zu auffällig.«

Sie lotste uns durch eine kleine Seitengasse, der Volvo rumpelte über das Kopfsteinpflaster, dann deutete Sabine nach rechts und Paul parkte den Wagen dicht neben einer hohen Mauer.

Die Mauer gehörte zum Grundstück der Sauers, wie ich feststellte, als Sabine einen Schlüssel zückte und damit die dunkle Holztür aufschloss, die zum Innenhof führte. Das Haus war dunkel, in keinem der Fenster auf der Rückseite brannte Licht und auch der kleine gepflegte Garten lag im nächtlichen Schatten. Leise wie Einbrecher schlichen wir durch den Hof, als plötzlich ein grelles Licht aufflammte. Wir zuckten alle drei zusammen.

»Der Bewegungsmelder!«, flüsterte Sabine. »Schnell ins Haus.«

Über eine Seitentreppe hasteten wir hinunter zum Kellereingang, wieder schloss Sabine die Tür auf und wir drängten uns in den kühlen Korridor, der dahinter lag.

Obwohl wir nur ein kurzes Stück gelaufen waren, schnauften wir alle drei wie nach einem Marathon. Dann lauschten wir stumm auf Geräusche, doch im Haus war alles still.

»Ich sehe oben nach«, sagte Sabine und ich bewunderte sie für ihren Mut. Es musste sie große Überwindung kosten und vermutlich hatte sie von uns dreien am meisten Angst, dass ihr Mann jeden Moment zurückkommen könnte.

»Ich begleite dich«, bot Paul sofort an, wahrscheinlich dachte er dasselbe wie ich.

»Dann schaue ich hier unten, was ich finde«, beschloss ich. Ich fühlte mich ein bisschen feige dabei, denn immerhin würde ich den kürzesten Fluchtweg haben, wenn uns irgendjemand (oder besser gesagt: Johannes' Vater) erwischte. Andererseits hatte ich mich, seit ich denken konnte, gefürchtet, wenn ich alleine in den Keller gehen musste. Und somit war es doch auch ein bisschen mutig von mir.

Mein Vater und Sabine verschwanden über eine Betontreppe nach oben und ich stand für einen Moment planlos herum. Drei Türen gingen von dem Gang ab, alle aus schwerem, grün gestrichenem Metall. Wo sollte ich bloß anfangen zu suchen?

Unsicher betrachtete ich eine Tür nach der anderen und plötzlich kam mir wieder das Ziegenproblem in den Sinn, über das ich vor ein paar Tagen nachgedacht und das ich dann vergessen hatte. Drei Tore, hinter zwei davon befinden sich Ziegen, hinter einem ein Auto. Ganz klar: Der Showkandidat musste wechseln. Damit erhöhte er seine Gewinnchance auf zwei Drittel! Ein kurzer Adrenalinkick durchfuhr mich, wie ich ihn immer verspürte, wenn ich eine komplizierte Aufgabe gelöst hatte. Aber dann kehrte die Ernüchterung zurück. Denn bei meinem aktuellen Problem half mir diese Logikaufgabe natürlich kein bisschen weiter.

Ich suchte kein Auto. Ich suchte einen Brief. Einen Zettel, von dem ich nicht einmal wusste, ob er noch existierte. Geschweige denn, wo er sich befinden mochte. Dies war eine Aufgabe, die sich unmöglich nur im Kopf lösen ließ. Ich stieß die erste Tür auf.

Rechts neben der Tür ertastete ich einen Lichtschalter, und als die Deckenbeleuchtung aufflammte, erkannte ich, dass ich den Vorratskeller erwischt hatte. Fast bis zur Decke reichten die gut gefüllten Regale: Dosen, Einmachgläser, bunte Packungen stapelten sich darauf. Daneben stand ein Weinregal mit mindestens hundert Flaschen. Auf der anderen Seite des schmalen Kellerraumes befanden sich ein großer, brummender Kühlschrank sowie eine Gefriertruhe, daneben Bier- und Wasserkästen.

Die Vorräte würden eine Großfamilie für ein bis zwei Monate ernähren, schätzte ich. Doch dass ich hier den Brief finden würde, hielt ich für sehr unwahrscheinlich. Ich löschte das Licht und ging schnell zum nächsten Raum. Fahrräder, Gartengeräte, Werkzeuge. Der Raum war bis auf den letzten Quadratmillimeter vollgestellt, wirkte aber dennoch penibel aufgeräumt. Nein, ich konnte mir kaum vorstellen, dass Martin Sauer in diesem Raum etwas verstecken würde.

Also: Tor drei!

Ich verharrte kurz auf dem Gang, um nach oben zu lauschen, doch außer Pauls und Sabines gedämpften Stimmen, die sich gelegentlich leise etwas zuriefen, konnte ich nichts hören. Gut. Ich schob die dritte Tür auf.

Dahinter befand sich eine Art Hobbyraum. Eine lange Theke nahm die Rückseite des Raumes ein, davor standen zwei Barhocker. Links an der Wand hing ein riesiger Flachbildschirm, ein breites Ledersofa bot Sitzplatz, außerdem entdeckte ich einen Kickertisch, ein Boxsack hing von der Decke (ob Johannes daran trainierte?). Schließlich blieb mein Blick an einem eckigen Metallschrank hängen, der wie ein Tresor wirkte. Das Monstrum zog mich magisch an. Wenn es einen Ort in diesem Keller gab, an dem Martin Sauer etwas verbergen würde, dann vermutlich diesen.

Mit wenigen Schritten näherte ich mich dem glänzenden Schrank. Mist! Er war mit einem elektronischen Zahlenschloss gesichert. Die Ziffern null bis neun prangten auf kleinen Tasten an der runden Scheibe. Es handelte sich um einen sechsstelligen Code wie bei den meisten Zahlenschlössern. Also eine Million Möglichkeiten. Unmöglich, alle durchzuprobieren!

Logisch denken, Greta! Die meisten Leute verwendeten ein Datum als Code. Aber welches Datum konnte das sein? Ein Geburtstag? Ich kannte den Geburtstag von Johannes' Vater nicht. Ich wusste ja nicht einmal den von Johannes!

Ein Datum ... Mir fiel im Zusammenhang mit dieser ganzen Sache nur ein einziges ein. Der 19. Juni 1982, der Tag des Opferfestes vor dreißig Jahren. Ich tippte: 190682. Der Schrank schwang auf. Ich zuckte zurück.

Waffen. Der ganze Schrank war voller Waffen.

Große Gewehre lehnten aufgereiht in ihren Halterungen, eins neben dem anderen. In einem Fach darüber lagen drei verschiedene Pistolen. Und in der Tür des Schranks lagerten Päckchen mit Munition. Martin Sauer besaß ein ganzes Arsenal an Schusswaffen. Ob er Jäger war? Oder was fing er sonst mit all diesen Gewehren und Pistolen an?

Ich hatte so etwas noch nie in echt gesehen, nur in Fernsehkrimis. Aber in der Realität wirkte es viel bedrohlicher. Meine Augen suchten das Innere des Waffenschranks ab, anfassen wollte ich lieber nichts.

Und dann entdeckte ich ihn. Die Ecke eines weißen Umschlags lugte aus dem obersten Fach heraus. Mit spitzen Fingern bekam ich sie zu fassen und zog vorsichtig daran. Die Pistole, die darauf lag, kam ins Rutschen und fiel aus dem Schrank. Mit einem leisen Scheppern landete sie vor meinen Füßen auf dem Fliesenboden. Mist! Ich hob sie auf, erstaunt darüber, wie leicht sie war, und bugsierte sie schnell zurück an ihren Platz. Dann endlich hielt ich den dünnen Brief in Händen. Er schien viel schwerer zu wiegen als die Pistole.

»Greta, schnell, wir müssen verschwinden!« Die Stimme meines Vaters kam von der Tür.

»Ich hab ihn«, antwortete ich und hielt den weißen Umschlag hoch.

»Los, komm«, drängte Paul eindringlich. Hinter ihm im Schatten erkannte ich Sabines Gestalt. Mist, ihr Mann musste zurückgekommen sein. Ich trat mit dem Fuß gegen die Schranktür, die daraufhin zuschwang, und eilte hinter meinem Vater und Sabine her. Im Hinausrennen löschte ich das Licht.

»Sabine? Wo steckst du, verflucht!« Martin Sauers laute Stimme scholl aus dem Obergeschoss zu uns herunter, als wir durch den schmalen Kellergang zum Hinterausgang hasteten. Schwere Schritte auf der Treppe. Die Kellertür fiel hinter uns ins Schloss. Der Bewegungsmelder flammte auf. Wir rannten über den Innenhof, erreichten die rückwärtige Mauer, stürzten einer nach dem anderen durch die Tür auf die schmale Kopfsteinpflaster-Gasse, wo der Volvo parkte.

»Halt, stehen bleiben oder ich schieße«, vernahm ich Martin Sauers dröhnende Stimme, die schwer vom Alkohol klang. Ob er wirklich so schnell eine der Waffen geholt hatte? Mein Herz hämmerte gegen meine Brust und meine Hände waren klamm.

»Einsteigen. Schnell.« Paul fingerte an dem Autoschlüssel, endlich gelang es ihm, den Wagen zu öffnen, wir ließen uns in die Sitze fallen und schon startete mein Vater und gab gleichzeitig Gas.

In den Nachbarhäusern gingen die Lichter an, als wir mit aufjaulendem Motor durch die holprige Gasse davonbrausten. Im Rückfenster sah ich, dass Martin Sauer aus der Tür in der Mauer stolperte, ein Gewehr konnte ich allerdings nicht erkennen.

»Geh ins Bett.«

Paul legte seine ganze Autorität in diese drei Wörter. Dann zog er die Tür des Hexenhauses hinter sich zu. Ich hörte, wie er und Sabine wieder in den Volvo stiegen und in die Nacht davonfuhren.

Mit geballten Fäusten stand ich im Flur. Ich hätte meinen Vater erwürgen können. Wie, bitte, stellte er sich das vor? Sollte ich mich jetzt ruhig unter meine Decke legen und brav schlafen? Das war doch totaler Quatsch! An Schlaf war nicht zu denken!

Aber ich war es so wenig gewöhnt, dass Paul mir väterliche Anweisungen gab, dass ich widerspruchslos gehorcht hatte, als er beschloss, allein mit Sabine zur Polizei zu fahren.

Überhaupt hatte ich meinen Vater in dieser Nacht so erlebt, wie ich ihn noch nie gesehen hatte. Mit 120 Stundenkilometern war er über die verlassene Landstraße gerast, hatte die Geschwindigkeit auch kaum gedrosselt, als wir in den holprigen Waldweg abgebogen waren, und schließlich eine Vollbremsung auf dem Schotterparkplatz vor dem Hexenhaus hingelegt.

Die ganze Zeit über hatte ich den Briefumschlag in meiner Hand gehalten, unfähig ihn zu öffnen. Bei der schwachen Innenbeleuchtung des Autos hätte ich vermutlich ohnehin nichts entziffern können. Erst als wir alle drei im Wohnzimmer um den urigen Holztisch saßen, zog ich das gefaltete Blatt Papier heraus und strich es vorsichtig glatt.

Fünf Sätze standen darauf, in derselben geraden Handschrift geschrieben wie der Name des Adressaten auf dem Umschlag. Ich kannte sie bereits auswendig.

Es ist an der Zeit, dass alle die Wahrheit erfahren. Du wirst sie bekannt machen. Sonst nehme ich dir dein Kind, so wie du mir das Liebste genommen hast, was ich hatte. Du hast Zeit bis übermorgen in der Früh, um mir einen Beweis zu bringen. Wir treffen uns an dem Ort, an dem alles angefangen hat und alles ein Ende findet.

Das war es. Es gab keine Unterschrift. Keine genaueren Angaben. Und trotzdem war ich mir absolut sicher, dass dieser Brief mit Johannes' Verschwinden zu tun haben musste.

Ich nehme dir dein Kind ... Das konnte doch nur eines heißen: Dass dieser Briefschreiber es auf Martin Sauers Sohn abgesehen hatte. Auf Johannes.

Sabine brach wieder in Tränen aus, als wir den kurzen Brief gelesen hatten, und Paul legte beruhigend seinen Arm um sie. Sie beschlossen, zur Polizei zu fahren, um Johannes als vermisst zu melden. Niemand von uns sprach das Wort *entführt* aus, aber vermutlich dachten wir alle daran. Mir war schlecht.

Und dann das: Geh ins Bett!

Ruhelos tigerte ich im Wohnzimmer auf und ab. Ich ging in die Küche, um mir ein Glas Milch zu holen, verschüttete aber die Hälfte, als ich es mit zitternden Händen zurück zum Sofatisch trug. Dann saß ich da, betrachtete die Milchlache am Boden, über die Aristoteles sich mit Begeisterung hermachte, und biss mir die andere Daumenkuppe blutig.

Über dem Loch in der Mauer, das sich Kamin nannte, tickte unrhythmisch eine billige Plastikuhr, die dem Gesamtbild der hässlichen Einrichtung die Krone der Geschmacklosigkeit aufzusetzen schien. Sie zeigte Viertel nach eins.

Was sollte ich jetzt bloß tun?

Was konnte ich tun?

Zur Polizei zu gehen, war die einzig logische Konsequenz aus dem, was wir bisher wussten. Die Polizei würde sich auf die Suche nach Johannes machen. Zumindest hoffte ich das. Aber was, wenn die Polizisten Paul und Sabine nicht glaubten? Wenn sie Johannes' Verschwinden als Streich abtäten. Oder einfach annahmen, dass er vermutlich abgehauen war? Ich sah wieder zur Plastikuhr. Siebzehn Minuten nach eins.

Geh ins Bett!

Okay, okay, dachte ich.

Mit einem Stöhnen stand ich vom Sofa auf und schleppte mich zur Treppe. Ich fühlte mich tatsächlich auf einmal furchtbar erschöpft. Hinter mir maunzte Aristoteles, ich nahm ihn auf den Arm und trug ihn hinauf in mein Schlafzimmer. Als ich mich aufs Bett fallen ließ, Aristoteles auf meinen Bauch gedrückt, rollte der Kater sich sofort zusammen, so gut ihm das mit dem bandagierten Bein möglich war.

Abwarten, Greta, redete ich mir selbst gut zu. Es konnte nicht ewig dauern, bis Paul und Sabine zurückkamen, auch wenn sie zur nächsten Polizeistation bis nach Dillingen fahren mussten.

Ich starrte nach oben und begann, die Astlöcher in der hölzernen Deckenverkleidung zu zählen.

Ein Knistern weckte mich. Es war sehr leise. Und trotzdem versetzte es mich sofort in Panik. Dieses Geräusch bedeutete Gefahr!

Knusper, knusper, knäuschen ...

Ich lauschte. Es kam von unten. Klang durchdringend laut, obgleich es kaum mehr als ein flüsterndes Knacken war.

Wer knuspert an meinem Häuschen ...

Dann spürte ich sie: Die Hitze, die durch die Dielen zu dringen schien. Winzige Flammen, noch nicht sichtbar, die bereits ihre langen Zungen nach mir ausstreckten.

Der Wind, der Wind ...

Feuer!

Es brannte. Hier im Haus. Und ich?

War gefangen.

... das himmlische Kind.

Ich sprang aus dem Bett, rannte in den Flur. Sah rot. Grell flackerten die Flammen mir aus dem Untergeschoss über die Treppe entgegen, leckten bereits am hölzernen Geländer und an den Stufen.

Qualm. Überall war dunkler, dichter Qualm. Stinkender, beißender, erstickender Qualm. Nahm mir die Sicht. Nahm mir die Luft zum Atmen.

Ich machte kehrt. Flüchtete stolpernd zurück in mein Zimmer. Wusste, dass mir kaum noch Zeit blieb, bis das Feuer sich hierher durchgefressen haben würde.

Hektisch blickte ich mich um. Aber das war nicht mein Zimmer. Das war ein fremder Raum. Ein breites Bett. Ein uralter Bauernkleiderschrank. Eine Truhe in der Ecke. Staub überall, der von der heißen Luft aufgewirbelt wurde.

Ich sah ein Fenster. Riss es auf. Um mich war nichts als Wald. Ich atmete die klare, kalte Luft.

Und sprang.

Und fiel, fiel, fiel ...

Mit einem erstickten Schmerzensschrei schlug ich auf dem Boden auf.

Mein Kopf pochte. Meine Seite schmerzte. Vorsichtig öffnete ich die Augen.

Ich lag auf dem Fußboden, halb begraben unter meiner Bettdecke, die ich im Sturz mit mir vom Bett gerissen hatte. Aristoteles, der ebenfalls abgestürzt war, maunzte anklagend.

Es dauerte einige Sekunden, bis mein Kopf sich klärte.

Verfluchter Mistalbtraum!

Ich angelte nach meinem Handy auf dem Nachttisch, um auf die Zeitanzeige zu schauen: 4.07 Uhr. Ob mein Vater und Sabine schon zurück waren? Ich horchte. Aber im Haus war alles still.

Die Bilder aus meinem Traum wollten mich einholen und ich schüttelte den Kopf, um sie zu vertreiben.

Und dann, als wäre es schon die ganze Zeit da gewesen, und ich nur zu blind, um es zu sehen, wusste ich plötzlich, wo ich nach Johannes suchen musste.

Kapitel 16

Wie von einer unsichtbaren Schnur gezogen lief ich durch den Wald. Im matten Licht der aufsteigenden Morgendämmerung schienen Schatten überall zwischen den Bäumen zu lauern. Den Weg konnte ich kaum erkennen und bemerkte die Unebenheiten erst, wenn meine Füße darüber strauchelten, doch mit schlafwandlerischer Sicherheit hielt ich mein Gleichgewicht und eilte weiter.

Aber ich schlief nicht. Das war kein Traum. Das war die Realität.

Was tat ich hier?

Der Wald machte mir Angst. Ich allein im stockdunklen Wald. Schon der bloße Gedanke daran konnte mich bislang in Panik versetzen. Aber jetzt? Jetzt lief ich, weil ich es musste. Weil ich wusste, wo Johannes steckte. Weil ich mir nicht sicher war, dass mein Vater und Sabine die Polizei davon überzeugen konnten, nach ihm zu suchen. Und wenn doch, wer sagte mir, dass sie ihn rechtzeitig finden würden?

Der Ruf eines Vogels. Lang gezogen. Heiser. Unheimlich.

Schu ... huhu, schu ... huhu.

Das Käuzchen ruft den Tod.

Greta, hör auf zu spinnen! Aberglaube, alles Aberglaube. Doch was bedeutete das schon. Hier in diesem Wald schienen Legenden wirklich lebendig zu werden.

Dann sickerte erstes Morgenlicht durch die dichten Blätter. Andere Vögel stimmten ihren fröhlicheren Gesang an. Farben vertrieben das nächtliche Grau. Ich erkannte, dass ich instinktiv den richtigen Weg gewählt hatte. Vor mir zwischen den Baumstämmen entdeckte ich die dunklen Umrisse der Ruine.

Schwer atmend blieb ich stehen und betrachtete die überwucherten Mauern.

Der Ort, an dem alles angefangen hat und alles ein Ende findet.

War das hier? Und wenn ja, wo sollte ich nach Johannes suchen?

Langsam näherte ich mich dem alten Haus, hörte die kleinen Äste überlaut unter meinen Schritten knacken, vertrocknete Blätter rascheln.

Hänsel und Gretel verliefen sich im Wald. Es war so finster und auch so bitterkalt. Sie kamen an ein Häuschen von Pfefferkuchen fein. Wer mag der Herr wohl in diesem Hause sein? Huhu, da schaut eine alte Hexe raus ...

Ein ängstliches Kinderstimmchen sang das Lied in meinem Kopf wie die Begleitmusik zu einem Gruselfilm. Ich schauderte.

GRETA! Schluss jetzt!

Nur noch das letzte freie Stück vor der Brandruine war zu überqueren. Ich blickte nach links und nach rechts. Hatte plötzlich wieder das unangenehme Gefühl, beobachtet zu werden. Schüttelte es ab. Und lief los.

»Halt.«

Die Stimme war heiser, aber der Befehl klang so bestimmt, dass ich wie angewurzelt stehen blieb. Das Blut pulsierte rasend schnell durch meinen Körper, meine Hände wurden feucht.

Ich hörte schwere Schritte hinter mir.

»Dreh dich um.«

Ich konnte nicht. Unfähig mich zu bewegen, verharrte ich wie erstarrt in der gleichen Position, als könnte ich den Mann hinter mir wegzaubern, wenn ich ihn nicht ansah.

»Los, dreh dich um, hab ich gesagt.«

Ich nahm meine ganze Willenskraft zusammen und zwang meinen Körper, sich zu drehen. Unwillkürlich schloss ich dabei die Augen. Ich wollte ihn nicht sehen. Nicht, solange ich es vermeiden konnte.

»Hast du nichts gelernt aus dem, was deiner neugierigen Katze passiert ist?«, fragte der Mann mit immer noch beängstigend ruhiger Stimme.

Aristoteles? Was hatte das Ganze hier mit meinem Kater zu tun? Nun riss ich die Augen doch auf.

Das Erste, was ich sah, war ein langes Gewehr, dessen Mündung auf mich gerichtet war. Augenblicklich begriff ich: Die Schrotkugeln, die Aristoteles' Körper zerlöchert hatten. Dieser Mann hatte auf ihn geschossen! Ich schaute an dem silbrigen Lauf entlang auf Hände in schwarzen Handschuhen und dann nach oben in das Gesicht des Mannes. Und zuckte zurück.

Dieses Gesicht war eine Maske.

Ich starrte es an. Unhöflich lang. Unfähig mich von den dunkelroten Narben loszureißen, die quer über die Wangen verliefen. Von der Haut, die aussah wie rosafarbenes Leder, von den brauenlosen, milchigen Augen, die tief im Schädel lagen, von dem schmalen, verkniffenen Mund, der kaum vorhanden zu sein schien.

Ein verbranntes Gesicht.

»Sie ... müssen Robert sein«, flüsterte ich.

Wenn ihn meine Schlussfolgerung überraschte, so zeigte der Mann es nicht.

»Und du heißt Greta, nicht wahr?«

Auch ich nickte und konnte ein leichtes Zittern nicht unterdrücken. Woher kannte er meinen Namen? Von Johannes? War er also tatsächlich hier? Oder hatte ich die ganze Zeit recht gehabt mit meinem Gefühl? Hatte dieser Mann mich beobachtet und uns belauscht?

»Gut, nachdem wir uns nun vorgestellt haben, würde ich dich bitten, mich zu begleiten.« Er verzog seinen schmalen Mund zu einer Art Lächeln, aber es wirkte eher, als würde er die Zähne blecken. Mit wenigen Schritten näherte sich mir der Mann, bis der Lauf seines Gewehrs mich beinahe berührte. Unwillkürlich wich ich ein Stück zurück.

»Na komm, nicht so schüchtern«, neckte er mich und lachte heiser.

Mit einem ruckartigen Nicken des Kopfes deutete Robert in Richtung der Ruine und ich begann zu laufen. Meine Bewegungen kamen mir eckig vor, wie die eines Roboters.

Mist! Jetzt saß ich richtig in der Klemme. Ich war so blöd gewesen. Hatte geglaubt, der dunkle Wald würde eine Bedrohung darstellen. Aber es waren natürlich nicht der Wald und auch nicht die Dunkelheit, die gefährlich waren. Es war dieser Mann! Und ich hatte mich so unvorsichtig verhalten, dass ich mich ihm ausgeliefert hatte wie bei einer bereitwilligen Selbstopferung. Verfluchter Mist!

»Dort entlang.« Robert dirigierte mich an der Brandruine vorbei auf die Rückseite des Hauses. Wohin führte er mich?

Ich ließ meine Augen über die dunkel verfärbten Mauerreste gleiten, die die frühmorgendlichen Sonnenstrahlen in ein surreales Licht tauchten. Die leeren Fensterlöcher wirkten wie offene Wunden und die dornigen Äste, die sich hindurchrankten, wie lange, dünne Finger mit gierigen Krallen.

Der Mann hinter mir räusperte sich und als ich mich zu ihm umblickte, wies er mit der Hand auf eine schmale Treppe, die an der hinteren Ecke des Hauses nach unten vermutlich in den früheren Keller führte.

»Da runter«, gab er eine schroffe Anweisung.

Ich stolperte fast auf den Stufen, weil Robert mit seinem Gewehr so nah hinter mir ging, dass es mir noch zusätzlich Angst einflößte. Am Fuß der Treppe gelangten wir an eine dicke Metalltür, die verrostet, aber stabil wirkte.

»Aufmachen«, befahl Robert.

Hintereinander betraten wir einen niedrigen Kellerraum, in dem es nach Feuchtigkeit und Abfall roch. Eine alte Petroleumlampe auf einem Tisch in der Ecke neben der Tür spendete nur wenig Licht und in ihrem Schein sah ich, dass der vordere Bereich des Kellers voll mit altem Gerümpel stand: einem hohen Stapel Holz, an dessen Ästchen noch vertrocknete Blätter hingen, daneben ein Metallregal voller Farbeimer und Lackbecher. Und dann erst wurde mir bewusst, dass der ohnehin kleine Raum noch einmal unterteilt war: Etwa das hintere Drittel nahm ein Käfig ein, dessen dicke Metallstäbe fast bis zur Decke reichten – ein alter Hundezwinger, vermutete ich.

Und in dem Käfig, in eine Decke zusammengerollt, lag ein Mensch.

»Johannes!« Mit einem Satz war ich an den Gitterstäben, krallte meine Hände darum, rüttelte. Die Gestalt regte sich nicht. »Johannes«, rief ich, aber es kam nur als ersticktes Schluchzen heraus. Was hatte dieser Mann ihm angetan?

»Du willst zu ihm?« Ohne dass ich es bemerkt hatte, hatte sich auch Robert von hinten genähert. Jetzt stand er neben mir, schloss die Tür des Käfigs auf und packte mich am Arm, um mich hineinzuschieben. Ich hielt mich mit aller Kraft an den Stäben fest, doch Robert war stärker als ich. Mit einem Schnauben riss er mich los und stieß mich durch die offene Käfigtür. Ich stolperte, verlor das Gleichgewicht, fiel auf meine Knie. Hinter mir klickte die Tür ins Schloss, das augenblicklich wieder verriegelt wurde.

Auf allen vieren kroch ich zu der Gestalt in der Decke. Nur ein dunkelbrauner Schopf schaute aus der groben Wollhülle heraus. Johannes!

Sanft berührte ich mit meiner Hand seine Schulter, drückte sie. Keine Reaktion. Nein, nein, nein, bitte lass ihn am Leben sein! Ich rüttelte, erst leicht, dann fester, schließlich schüttelte ich den verhüllten Körper panisch hin und her.

»Johannes«, flehte ich. »Los, wach doch auf.«

»Hmm ...« Ein unwilliges Brummen erklang aus der Decke.

»Johannes. Ich bin's, Greta. Wach auf, bitte.«

»Greta?« Die Decke bewegte sich, rutschte von Johannes' Schultern, als er sich mühsam aufrichtete. Verschlafen und verwirrt schaute er mich an. Schüttelte den Kopf und rieb sich über die Augen, um die Müdigkeit zu vertreiben. »Greta? Oh, Scheiße ... was machst du denn hier?«

»Ich, ich ...«, stotterte ich, unfähig eine vernünftige, logische Erklärung abzugeben. Und dann fiel ich Johannes um den Hals und drückte mich fest an ihn, weil ich solche Angst gehabt hatte und weil ich so froh war, ihn lebend wiederzusehen.

»Ist ja gut.« Er strich mir über den Rücken und hielt mich fest. Erst da bemerkte ich, dass ich schluchzte, was mir schrecklich peinlich war. Deshalb schluckte ich mehrmals, zog die Nase hoch und machte mich schließlich aus Johannes' Umarmung los, obwohl ich am liebsten gehabt hätte, dass er mich einfach weiterhielt.

Ein Räuspern riss mich aus meinen Gedanken. Mein Kopf fuhr herum und ich erkannte Roberts Gestalt auf der anderen Seite der Gitterstäbe. Für einige Sekunden hatte ich ganz vergessen, dass er da war, und wo wir uns befanden.

»Frühstück?« Eine Hand im Lederhandschuh streckte zwei Energieriegel durch die Stäbe. In der anderen Hand hielt der Mann noch immer das Schrotgewehr.

Johannes stieß einen missbilligenden Laut aus und ignorierte das Angebot.

»Nimm nichts von ihm. Er versetzt es mit Schlafmitteln«, raunte er mir leise zu.

Mit einem Mal durchströmte mich eine Welle der Wut. Was bildete dieser Mensch sich ein? Frühstück! War er verrückt, oder was? Steckte uns hier in einen Käfig wie zwei Tiere und erwartete noch, dass wir ihm aus der Hand fraßen? Mit einem Satz kam ich auf meine Füße, riss ihm die Riegel aus den Fingern und schmiss sie auf den Boden.

»Was soll das? Was wollen Sie von uns?«, fuhr ich ihn an.

Er zuckte nur mit den Schultern.

»Nichts. Von euch will ich gar nichts.«

»Was soll das heißen? Warum sperren Sie uns ein? Was haben Sie mit uns vor?« Wütend starrte ich ihn an.

»Du bist zu neugierig«, antwortete er gleichgültig. »Deshalb hockst du jetzt in diesem Käfig. Damit du mir bei meinem Plan nicht in die Quere kommen kannst.«

»Ihr Plan? Was soll das für ein toller Plan sein, der vorsieht, dass Sie einen Jungen entführen und gefangen halten?« Ich deutete auf Johannes, der leicht mit dem Kopf schüttelte, wie um mir zu verstehen zu geben, dass ich ruhig sein sollte. Aber ich fing gerade erst an.

»Was wollen Sie von Johannes? Was hat er Ihnen getan, dass Sie ihn hierher verschleppen mussten?« Abwartend verschränkte ich die Arme vor meiner Brust.

»Er ist mein Lockvogel«, antwortete Robert ruhig. »Mein Druckmittel, wenn du so willst. Er bleibt hier, bis sein Vater kommt, um ihn abzuholen und zwar innerhalb ...« Provozierend langsam zog er eine silberne

Taschenuhr aus seiner Jacke, ließ sie aufschnappen und schaute darauf. »... der nächsten Stunde, würde ich sagen.«

»Und was, wenn nicht? Was wollen Sie dann tun?« Ich hoffte, ich könnte ihn mit dieser Frage aus der Reserve locken. Seine ruhige Gleichgültigkeit ging mir langsam auf die Nerven. Und die waren ohnehin zum Zerreißen gespannt. Aber Robert blieb gelassen.

»Dann tut es mir leid für euch.« Er schob die Uhr wieder in die Tasche und wechselte das Gewehr von der einen in die andere Hand.

Was hatte das zu bedeuten? Wollte er uns damit etwa sagen, dass er uns töten würde, wenn Martin Sauer nicht rechtzeitig hier auftauchte? Meine Wut steigerte sich noch, als mir klar wurde, dass genau das seine Absicht zu sein schien. Dieser Mann war wirklich verrückt!

»Glauben Sie etwa, dass Sie damit durchkommen? Vergessen Sie es!«, fauchte ich. »Mein Vater hat nämlich längst die Polizei informiert. Die werden jeden Moment hier sein.« Während ich die Worte ausspuckte, wurde mir klar, dass ich nicht wusste, ob das stimmte. Aber das musste ich diesem Mann ja nicht verraten.

Doch Robert blieb weiterhin gelassen, fast wirkte er gelangweilt, als er sich von den Gitterstäben abwandte und in die Ecke des Zimmers ging, in der der Tisch mit der Petroleumlampe stand. Aus einer Thermoskanne schenkte er etwas in einen Campingbecher, pustete und trank einen kleinen Schluck.

»Die Polizei ist mir egal. Mich interessiert nur die Wahrheit.«

»Die Wahrheit?« Ich lachte kurz auf. Selbst in meinen eigenen Ohren klang es hysterisch. *Ruhig bleiben, Greta*, ermahnte ich mich. *Denk nach!* Und plötzlich wusste ich, was passiert war. Damals. Vor dreißig Jahren.

»Die Wahrheit ist doch, dass Sie sie nicht gerettet haben. Britta. Sie ist verbrannt. In diesem Haus. Und Sie sind einfach abgehauen.«

Der Metallbecher fiel scheppernd zu Boden, mit wenigen Schritten war Robert wieder beim Käfig und umkrallte die Gitterstäbe mit seinen schwarzen Handschuhen. Sein entstelltes Gesicht war verzerrt. Voller Hass zischte er mich an.

»Du hast ja keine Ahnung. Nicht die geringste.«

»Lass gut sein.« Johannes stand hinter mir und legte mir beruhigend eine Hand auf den Arm. »Das bringt doch nichts.«

Aber ich schüttelte die Hand ab. Meine Wut war verschwunden. Ebenso wie meine Angst. Das Einzige, was mich in diesem Moment beherrschte, war mein logischer Verstand.

Obgleich die verzerrte Maske hinter dem Gitter Furcht einflößend aussah, trat ich einen kleinen Schritt näher. Ich schaute dem Mann in die Augen. Und alles, was ich darin erkannte, war Traurigkeit.

»Sie haben sie geliebt, oder?« Ich war selbst überrascht, wie fest meine Stimme klang. Der Mann antwortete nicht. Aber seine wimpernlosen Augen zuckten fast unmerklich.

»Sie wollten zusammen abhauen, richtig? In der Opfernacht. Sie haben den andern Jugendlichen Schlafmittel untergemischt und gewartet, bis sie fest schliefen. Hier in diesem verlassenen Haus haben Sie sich getroffen, wahrscheinlich, um Ihre Sachen zu holen, die Sie vorher hergebracht hatten.«

Noch immer fixierte der Mann mich, er schien niemals zu blinzeln. Hinter mir spürte ich Johannes' Präsenz, aber ich sah mich nicht nach ihm um.

»Sie haben hier gesessen und gewartet, bis es hell wurde, damit sie den Weg durch den Wald finden konnten.« Ich erinnerte mich daran, wie dunkel es heute in der Früh gewesen war, und dass man nachts im Wald vermutlich die Hand vor Augen nicht sehen konnte.

»Aber dann ist etwas passiert. Das Feuer. Wie ist es ausgebrochen? In der Zeitung stand, es sei keine Brandstiftung gewesen. War es eine Kerze? Oder eine Petroleumlampe, wie diese?« Ich deutete auf die Lampe auf dem Tisch. »Haben Sie sie umgestoßen? Oder ...?«

Ein Verdacht beschlich mich. Das letzte Puzzlestück rutschte an seinen Platz.

»Er war es.« Der Mann an den Gitterstäben flüsterte fast. »Martin.«

Ein Donnern an der Tür, als würde jemand mit einem schweren Stiefel dagegentreten, riss uns alle aus der Erstarrung.

Kapitel 17

Bevor einer von uns einen Laut von sich geben konnte, flog die Tür auf. Im Gegenlicht des angebrochenen Tages wirkte die massige Gestalt im Türrahmen zuerst wie ein riesiger Schatten, doch dann erkannte ich, dass es Martin Sauer war. Bewegungslos verharrte er auf der Stelle, den einen Arm vor sich ausgestreckt, in seiner Hand hielt er eine Pistole.

Instinktiv wich ich zwei Schritte zurück und prallte gegen Johannes, der sofort einen Arm beschützend um mich legte.

Langsam drehte Robert sich zu dem Eindringling herum, fixierte die Hand mit der Pistole. Sein eigenes Gewehr lehnte an dem Tisch neben der Tür.

»Da bist du ja«, sagte er, wieder ganz ruhig.

»Ja, da bin ich«, antwortete Martin Sauer, in seiner Stimme schwang unterdrückte Wut.

»Und hast du mitgebracht, worum ich dich gebeten habe? Einen Zeitungsartikel vielleicht? Oder eine öffentliche Bekanntmachung?«

»Gebeten, pah!« Die Wut war nun unüberhörbar. Martin Sauer machte zwei Schritte in den Raum, die schwere Tür schwang hinter ihm zu und in dem Keller wurde es wieder schummrig, als allein die Petroleumlampe ihr schwaches Licht verbreitete.

»Erpressen wolltest du mich. Vergreifst dich an meinem Sohn und glaubst, ich würde mich deshalb selbst an den Pranger stellen.« Er machte noch einen weiteren Schritt auf den Käfig zu, beachtete uns aber gar nicht. Sein einziges Interesse galt dem Mann, der, ohne sich zu rühren, vor den Gitterstäben stand.

Meine Angst kehrte zurück. Kalt kroch sie meine Wirbelsäule hinauf und brachte meine Kopfhaut zum Prickeln. Warum hatte ich solche Panik? Johannes' Vater war gekommen, um uns zu befreien. Er hatte eine Waffe. Und unser Entführer hatte keine. Gleich würden wir diesen Käfig verlassen und alles wäre vorbei, läge hinter uns wie einer meiner Albträume.

Ich tastete nach Johannes' Hand, fand sie, und unsere Finger verhakten sich ineinander.

»Aber da hast du dich geschnitten.« Martin Sauer kam noch einen Schritt näher, jetzt stand er kaum mehr als eine Armlänge entfernt vor seinem Gegner. So nah, dass ich den Schweiß auf seinem geröteten Kopf glitzern sehen konnte. »Ich lasse mich nämlich nicht erpressen.«

»Ach, und es hat zwei Tage gedauert, diesen Entschluss zu fassen? Oder warum tauchst du erst jetzt hier auf?« Robert lachte kurz, aber es klang nicht amüsiert. »Na ja, der Schnellste warst du ja noch nie.«

»Blödsinn«, presste Martin Sauer hervor und fuchtelte erregt mit der Pistole. »Ich hab gedacht, dass du ohnehin zu feige bist, so eine Sache durchzuziehen. Deshalb hab ich abgewartet.«

Ich spürte, wie Johannes meine Hand fester drückte. Vielleicht dachte er in diesem Moment das Gleiche wie ich. Sein Vater hatte zwei Tage lang nichts unternommen, um Johannes zu befreien, obwohl er wusste, wo sein Sohn war. Das war ... unvorstellbar!

»Und was willst du dann hier?« Robert klang immer noch so ruhig, so selbstsicher, dass mir ganz mulmig wurde. Seine beiden Hände hatte er in den Taschen seiner Jacke vergraben. Trug er darin etwa auch noch eine Waffe? Oder bluffte er? So gut, dass auch Martin Sauer ein bisschen unsicherer zu werden schien.

»Ich nehme jetzt meinen Sohn wieder mit«, erklärte er bemüht fest. »Und dann verschwindest du. Darin hast du ja Erfahrung. Und wenn nicht ...« Wieder hob er die Pistole ein Stück an.

»Ach, du willst mich töten?« Robert schien von der Pistole nicht sonderlich beeindruckt zu sein. Und von der Wut seines Gegners ebenso wenig. »Das ist dir schon beim letzten Mal nicht gelungen. Sieh mich an!« Nun trat auch er ein Stück vor, sodass die Pistole in Martin

Sauers Hand beinahe seine Brust berührte. Hätte dieser abgedrückt, dann wäre sein Gegner vermutlich sofort tot gewesen. Doch etwas schien zwischen den beiden Männern zu stehen wie eine unsichtbare Wand, durch die sie sich anstarrten, aber nicht körperlich erreichen konnten.

Langsam nahm Robert eine Hand aus der Jackentasche und strich damit leicht über sein eigenes Gesicht. Dann ließ er sie wieder fallen. Ruhig, fast flüsternd, doch voller kaltem Hass, sprach er seinen nächsten Satz.

»Du hast ein Ungeheuer aus mir gemacht!«

In dem Schweigen, das darauf folgte, hörte ich Johannes' schnellen Atem hinter mir, die Luft, die er durch die Nase ausstieß, streifte heiß meinen Kopf. Ich versuchte, mich auf meinen eigenen Atem zu konzentrieren, der ebenfalls viel zu hektisch in meine Lungen und wieder hinaus strömte. Ich zählte die einzelnen Atemstöße, verzögerte jeden um einen winzigen Augenblick. Als Martin Sauer plötzlich wieder etwas sagte, zuckte ich heftig zusammen, weil es so laut klang in der Stille.

»Warum bist du nicht einfach damals schon verreckt?«

»Ja, das hätte dir gefallen. Uns beide umzubringen, nicht wahr? Sie, weil sie dich nicht wollte. Und mich, weil ich sie dir weggenommen habe. Ausgerechnet ich, der Habenichts, das Waisenkind, das dein Vater gnädigerweise unter seinem Dach aufgenommen hatte. Und das die Prügel eingesteckt hat für alles, was du verbockt hast. Ausgerechnet in mich hat sie sich verliebt. Nicht in dich. In mich.«

Zum ersten Mal seit Martin Sauer in den Keller gekommen war, erhob Robert seine Stimme. Schrie die Worte fast, als hätte er sie viele Jahre lang immer wieder vor sich hin gesagt und seinen Hass damit geschürt.

»Es war ein Unfall, das weißt du genau.« Auch dieser Satz wirkte, als habe Martin Sauer ihn sich vor langer Zeit zurechtgelegt und ihn am Leben erhalten, bis er ihn möglicherweise selbst glaubte.

»Ein Unfall.« Robert spuckte die zwei Wörter aus wie eine verfaulte Frucht. »Du hast die Tür abgeschlossen, weil du dachtest, wir wären beide in dem Zimmer. Und dann hast du die Petroleumlampe umgeworfen. Dass die alten Vorhänge gut brennen würden, hast du dir sicher gedacht. Aber dass ich gerade in den Keller gegangen war, um das Geld zu holen, das ich dort versteckt hatte, damit hast du nicht gerechnet. Und dann, als ich dich im Flur erwischt habe, hast du mich niedergeschlagen und an den Tisch gefesselt. Obwohl es schon brannte im Obergeschoss. Ein Unfall, ha! Ich habe ihre Schreie gehört. Jeden einzelnen. Und ich konnte ihr nicht helfen, konnte nicht zu ihr. Ich konnte mich nur noch selbst retten.«

Johannes stieß einen erstickten Schmerzenslaut aus und ich merkte, dass ich meine Nägel in seine Hand gekrallt hatte. Mit großer Willensanstrengung löste ich meine erstarrten Finger.

»Schon gut«, flüsterte er in mein Ohr. »Es wird alles wieder gut.« Aber ich konnte mir kaum vorstellen, dass er selbst daran glaubte.

»Was willst du von mir?« Martin Sauer klang ehrlich überrascht. Er hatte die Pistole längst sinken lassen. Sein Kopf wirkte röter als vorhin und er atmete schwer. »Was willst du noch von mir nach all der Zeit?«

»Dreißig Jahre sind keine lange Zeit, wenn man ein Ziel hat«, fuhr Robert unbeirrt fort. »Dreißig Jahre lang war ich hier, jedes Jahr, und habe auf den richtigen Moment gewartet. Ich will die Wahrheit von dir. Nichts als die Wahrheit. Das bin ich ihr schuldig. Ich habe es Britta versprochen.«

»Die Wahrheit?« Martin Sauer schnaufte. »Die Wahrheit ist, dass ich es geschafft habe. Und du nicht. Die Wahrheit ist, dass ich in meinem Heimatdorf lebe, dass ich hier Ortsvorsteher bin, ein angesehener Mann mit einer Frau und einem Sohn. Ich habe Geld und ich habe hier etwas zu sagen. Und du? Du bist ein Nichts. Hast dich dreißig Jahre lang verkrochen vor der Wahrheit. Weil du feige bist und weil dir ohnehin keiner glauben würde. Deshalb willst du, dass ich ihnen erzähle, wie es damals abgelaufen ist. Aber das glaubst du doch selbst nicht! Als ob ich alles aufgeben würde für deine verfluchte Wahrheit, für dein blödes Versprechen.«

Sauers Kopf war hochrot und er atmete schwer.

»Ich sag dir, was ich tun werde. Ich werde ein für alle Mal dafür sorgen, dass du dein dreckiges Maul hältst.«

Mit einer schnellen Bewegung, die ich ihm nicht zugetraut hätte, riss Johannes' Vater seine Pistole wieder hoch. Doch Robert reagierte im selben Sekundenbruchteil und schlug seinem Gegner die Waffe aus der Hand. Einen winzigen Moment schien Martin Sauer überrascht zu sein, doch dann holte er aus und versetzte dem anderen einen Faustschlag unters Kinn.

Ich unterdrückte einen Aufschrei, als Robert gegen die Stäbe des Käfigs krachte, davor zu Boden sackte und liegen blieb.

Martin Sauer betrachtete die Faust, mit der er seinen Gegner niedergestreckt hatte, öffnete und schloss die Hand, dann rieb er damit über seinen linken Oberarm und verzog das Gesicht, als hätte er Schmerzen.

Hinter mir löste Johannes sich aus seiner Erstarrung und ging zur Tür unseres Käfigs.

»Schnell, Vater, der Schlüssel muss in einer seiner Taschen stecken.«

Ich bewunderte Johannes für seine Geistesgegenwart. Ich selbst hatte immer noch das Gefühl, mich nicht bewegen zu können. Ungläubig starrte ich auf die Gestalt am Boden, dann zu Martin Sauer, der sich ebenfalls noch nicht wieder gerührt hatte.

»Vater, der Schlüssel. Du musst uns hier rauslassen.«

Johannes rüttelte an den Gitterstäben. Aber Martin Sauer schien seinen Sohn gar nicht zu hören.

Anstatt zu uns zu kommen und uns endlich aus unserem Gefängnis zu befreien, drehte er sich um und ging zu dem Tisch in der Ecke, auf dem die Lampe brannte. Wieder griff er sich an seinen Arm, schwankte leicht. Dann nahm er die Lampe, wog sie in der Hand.

»Lass uns hier raus!« Johannes rüttelte wieder an dem Gitter, er klang wutentbrannt und flehend zugleich.

Schwankend drehte Martin Sauer sich um und sah uns an, sah uns endlich an, doch es wirkte, als würde er uns gar nicht wahrnehmen.

»Hier kommt keiner raus, der die Wahrheit kennt«, sagte er. Und mit einer schwungvollen Bewegung warf er die Petroleumlampe auf den Holzstapel an der gegenüberliegenden Wand. Das Glas splitterte, die Flammen leckten heraus, fanden Nahrung in den vertrockneten Blättern, die sie augenblicklich entzündeten.

»Nein!« Mein eigener Schrei riss mich aus meiner Erstarrung. Ich stürzte zu Johannes, der noch immer an dem Gitter rüttelte und dabei »Scheiße, scheiße, scheiße!« brüllte.

»Sei doch vernünftig«, rief er seinem Vater zu, doch der steuerte bereits in Richtung der schweren Eisentür. Die Flammen begannen, an dem trockenen Holz zu fressen, rot glühend suchten sie sich einen Weg über den Stoß, näherten sich dem Metallregal, in dem die alten Farbeimer und Lacktöpfe lagerten.

Den Türgriff bereits in der Hand, hielt Martin Sauer plötzlich inne. Mit einem tiefen Stöhnen griff er an seine Brust, zuckte, schlang beide Arme um den Oberkörper, und brach zusammen.

»Oh nein, oh nein. Bitte nicht!« Johannes hielt die Gitterstäbe so fest umklammert, dass die Knöchel seiner Hände sich weiß unter der Haut abzeichneten. Aber er rüttelte nicht mehr daran. Langsam ließ er die Stirn gegen das Gitter sinken.

Die Flammen loderten im Holz, beißender Rauch begann sich im Keller auszubreiten.

Da regte sich die Gestalt vor den Gitterstäben am Boden. Richtete sich auf. Blickte sich um. Schien die Situation intuitiv zu erfassen. Schaute uns an. Kam noch etwas benommen auf die Füße. Zog einen Schlüssel aus der Jackentasche.

Und schloss den Käfig auf.

»Raus hier«, sagte Robert und hustete erstickt. Und als wir nicht sofort gehorchten, brüllte er: »Raus hier, los!«

Wir stolperten zum Eingang, den Martin Sauers lebloser Körper versperrte.

»Dein Vater ...«, brachte ich hustend heraus.

Johannes ging in die Hocke, legte zwei Finger an den Hals des Leblosen, fühlte.

»... ist tot.«

Wir zerrten den schweren Körper zur Seite, konnten kaum noch etwas sehen. *Luft. Ich brauche Luft.*

Dann riss Robert die schwere Eisentür auf und wir fielen hinaus. Atmen. Atmen.

Keuchend schleppten wir uns hintereinander die Stufen hoch. Stolperten vorwärts, bis wir die Bäume erreichten. Weg von der Ruine. Weg vom Feuer. Fielen auf den Boden. Ich krallte meine Finger in die Erde. Atmete. Ein. Aus. Ein. Aus.

Und so fanden uns Paul und Sabine und zwei Polizisten. Die Finger der einen Hand fest im Boden verankert, und die der anderen ineinander verwoben, lagen wir da. Johannes und ich.

Robert war verschwunden.

Epilog

Ein Jahr später

Mein Milchkaffee ist schon fast leer. Mit dem langstieligen Löffel rühre ich den Schaum um, der sich am Boden des Glases abgesetzt hat. Zum fünften Mal in den letzten zehn Minuten ziehe ich mein Handy aus der Tasche, um nachzuschauen, ob ich eine SMS bekommen habe. Habe ich aber nicht. Ob er unsere Verabredung vergessen hat?

Ich beobachte die Bauarbeiter, die auf einem hohen Gerüst an der gelben Fassade der Uni herumturnen. Ein Bus fährt vorbei. An den Wühltischen der Buchhandlung gegenüber drängen sich die Kunden. Ein steter Strom von Passanten zieht durch die Fußgängerzone neben dem Café, vor dem ich sitze und warte. Kurz scannt mein Blick jedes Gesicht. Seins ist nicht dabei.

Wieder bearbeite ich den Inhalt meines Glases, der sich inzwischen zu milchig brauner Brühe verdünnt hat.

»Hi.«

Da steht er. Direkt neben mir. Trägt eine ausgewaschene Jeans und ein T-Shirt mit irgendeinem Aufdruck. Eine braune Messenger-Tasche hat er um die Schulter geschlungen. Seine Haare sind länger, kringeln sich unordentlich um die Ohren. Er lächelt mich an, wirkt unsicher, fast so unsicher, wie ich mich fühle.

»Hi.«

»Entschuldige die Verspätung«, sagt er und zieht sich einen der Bistrostühle heran. »Ich hab es nicht sofort gefunden.«

»Kein Problem.«

Er lässt sich auf den Stuhl fallen, betrachtet mich kurz, lächelt wieder.

»Schön.«

Was meint er? Das Café? Das Wetter? Die Stadt? Mich?

»Schön, dich zu sehen«, konkretisiert er.

»Und, hast du ein Zimmer gefunden?«, lenke ich ab.

Er nickt.

»Ja, ein richtig gutes, in einer WG in einem ganz tollen alten Haus. So mit hohen Decken und Stuck. Ziemlich cool.«

»Schön.«

Meine Güte, fällt uns denn nichts Intelligenteres zum Reden ein? Als Nächstes unterhalten wir uns wahrscheinlich über das Wetter.

Ihm Mails zu schreiben war leichter. Viel leichter als das hier! Jeden Tag haben wir uns geschrieben. Haben uns alles aus unserem Alltag erzählt, der seit den Ereignissen im Wald nicht mehr alltäglich für uns war.

Johannes ist eine Zeit lang zu einem Psychologen gegangen. *Traumatherapie für Entführungsopfer* nannte sich das Ganze. Er sagt, es habe ihm ein bisschen geholfen. Er hat sein Abi mit einem Superschnitt gemacht und sich auf einen Studienplatz für Medizin in Bonn beworben. Dass er sich entschieden hat, ausgerechnet hier sein Studium zu machen, hat mich so gefreut, dass ich tagelang mit einem ganz untypischen Dauergrinsen herumgelaufen bin.

Ich selbst konnte mich nicht überwinden, zu irgendeiner Psychotante zu gehen, und mein Vater meinte, das wäre in Ordnung. Stattdessen habe ich endlich eine Klasse übersprungen und die Leute in der neuen Stufe lassen mich zum Glück in Ruhe. Mit zwei der Mädels habe ich mich sogar angefreundet.

»Wie geht es dir?«, fragt Johannes, als ich gerade wirklich eine Bemerkung über das schöne Sommerwetter fallen lassen will. Wie er es sagt, weiß ich, dass er nicht bloß Small Talk macht, denn er schaut mich aus seinen dunkelbraunen Augen so fest dabei an, dass ich für einen Sekundenbruchteil zu atmen vergesse.

»Ganz gut«, antworte ich.

»Zählst du noch?«, fragt er und grinst, seine Selbstsicherheit ist zurück.

»Zweiunddreißig Millionen vierundfünfzigtausend und vierhundert«, antworte ich.

»Was?«, fragt er.

»Jetzt sind es vierhundertdrei«, sage ich. »Sekunden. Seit wir uns das letzte Mal gesehen haben.«

Er lacht.

»Du spinnst«, sagt er.

Dann küsst er mich.

Und da weiß ich, dass es mir nicht bloß ganz gut geht, sondern gut zum Quadrat.

Danksagung

Als Allererstes möchte ich mich bei Dr. Dr. Gert Mittring bedanken, der mir zwei Stunden (also 7200 Sekunden) seiner Zeit geschenkt und mir geholfen hat, Gretas mathematische Begabung und Begeisterung besser zu begreifen. Sein Buch (*Rechnen mit dem Weltmeister*, Fischer Verlag) ist ein super Lesetipp für alle, die Lust auf Mathematik haben oder bekommen wollen.

Ebenfalls danke ich Prof. Dr. Ralf Laue, auch von ihm habe ich viele hilfreiche Hinweise bekommen, wie ein mathematisch interessierter Mensch denkt.

Ich danke Ruth Lindecke, die mir mal wieder bei tierärztlichen Fragen zur Seite gestanden hat und auf die gemeine, aber geniale Idee mit dem Schrotgewehr kam. Thorsten Säger hat dafür gesorgt, dass die Polizei in diesem Buch ihre Arbeit tun kann. Und Georg Schwikart hat darauf geachtet, dass bei Pfarrer Grau alles mit rechten Dingen zugeht.

Bedanken möchte ich mich bei meiner Lektorin Susanne Wahl, die diesen märchenhaften Thriller erst ins Rollen gebracht hat, sowie bei meiner tollen Agentin Michaela Hanauer-Dietmaier, die zu jeder Zeit ein offenes Ohr hat und die richtigen Worte für mich findet.

Ich danke meiner Freundin Nicole Giese, die sich wie immer als wunderbare Begleiterin erwiesen hat, und weiß, wann sie loben und wann kritisieren muss. Ich verspreche dir hiermit, dass du das nächste Buch erst lesen musst, wenn es fertig ist!

Ein riesiger Dank gebührt meinem Mann Daniel, der nicht nur auf unsere Kinder aufpasst, wenn mir die Zeit zum Schreiben knapp wird, sondern auch darauf, dass mir bei medizinischen und anderen Themen keine peinlichen Fehler unterlaufen.

Besonders dankbar bin ich (nicht nur) dieses Mal meiner Mutter Iris Schürmann-Mock, die mir bei diesem Buch manchmal Wort für Wort weitergeholfen hat. Du warst von der ersten bis zur letzten Seite immer an meiner Seite. Mehr geht nicht.